Les contes de la source perdue

*Le Conseil des Arts du Canada
a accordé une subvention
pour la publication de cet ouvrage*

Maquette de la couverture:
Pierre Fleury

Illustration de la couverture:
Francine Savard

Editions Hurtubise HMH, Ltée
380 ouest, rue St-Antoine
Montréal, Québec
H2Y 1J9
Canada
(514) 849-6381

ISBN 0-7758-0130-5

*Dépôt légal | 3ᵉ trimestre 1978
Bibliothèque Nationale du Québec
Bibliothèque Nationale du Canada*

Imprimé au Canada

Jeanne Voidy

Les contes de la source perdue

L'arbre HMH

Si, par un hasard toujours possible, ces contes tombaient entre les pattes de quelque bonne bête nommée Pénélope, Cornélia, Rose-Grise, Pure-Laine, Goulu, Mouffe, Ricky ou Adélard, je serais bien tranquille: aucune d'elles n'y chercherait malicieusement quelque indice prouvant qu'il s'agit là de sa propre histoire.

Mais si, par un hasard similaire, quelque Véronique, Jérémie, Démerise, Roméo, Gauthier, Clothilde, ou tout autre membre du genre humain nommé dans ce livre, avait des doutes, qu'il se rassure: son homonyme n'a été créé de toute pièce par l'auteur que pour mettre en évidence le caractère et les gestes des bêtes qui sont seules vedettes dans *Les contes de la source perdue.*

Cornélia
l'espiègle

Cornélia
l'espiègle

Cornélia, par son espièglerie, eut vite fait de faire parler d'elle dans tout le rang de la source perdue. Avant de vous expliquer pourquoi, je dois d'abord vous dire que Cornélia était une belle vache Holstein, dont la hardiesse s'appuyait sans doute sur un pedigree impressionnant et sur un record laitier peu commun. Un peu partout, sur son poil blanc, des taches noires inégales semblaient avoir été disposées selon un design harmonieux et ses yeux.... de vache étaient mélancoliquement frangés de longs cils naturels qui quémandaient l'affection.

Son dos droit trahissait la pureté de sa race de même que ses sabots fins qui terminaient des jarrets aristocratiques. Elle avait vraiment un port de reine lorsqu'elle marchait calmement en balançant dignement un pis parfait sous tous ses angles.

Mais elle n'était pas snob pour autant: les enfants la flattaient à leur guise sans craindre une ruade ou un coup de tête.

Surtout, la tête bien galbée de Cornélia s'ornait de chaque côté d'une jolie corne recourbée gracieusement qui la distinguait dans le troupeau et était la cause de son joli nom.

Bref, c'était une vache contente, enjouée, généreuse de son lait, et nettement plus intelligente que les autres. Ces qualités lui firent pousser la bonne humeur jusqu'à l'espièglerie. Vous allez voir comment.

La ferme de la source perdue était une belle ferme paisible, sans accident de terrain. Le déroulement de ses champs clairs s'élargissait lentement jusqu'à tenir tout le large de l'horizon. Elle aurait même eu une nature monotone s'il ne s'y était trouvé ici et là quelques bosquets noirs et, à l'ouest, une grande érablière ovale mystérieusement repliée sur le vert sombre de ses arbres serrés. La route du rang qui la divisait s'en allait tranquillement dans les champs comme une route de vacances et ne semblait aucunement pressée de courir vers aucun village. Quelque part, près du trécarré, il y avait eu autrefois une source, tarie depuis, et que l'on suppose être à l'origine de l'appellation de la ferme de la source perdue.

Dans cette ferme, comme dans toutes les fermes, la vie se décomposait en quatre temps: les quatre saisons. Et vous pensez bien que c'était l'été, la saison préférée de Cornélia. Pendant les trois autres saisons, comment une vache aurait-elle bien pu être espiègle, constamment attachée à une barre dans une stalle de l'étable, à ruminer de l'ennui?

Mais l'été! Ah l'été! Bien sûr, elle était reconnaissante de reprendre sa place dans l'étable deux fois par jour pour se faire traire mais, sitôt dehors, elle n'avait jamais assez de temps pour tout voir, tout sentir et .... tout goûter.

Tout en ruminant, elle ne se lassait pas de contempler dans les champs d'alentour le doux ressac des hauts pâturages, elle retroussait d'amusement ses babines devant les sauterelles crissantes et faisait une pause admirative avant d'arracher d'un vigoureux coup de mâchoires un frais bouquet de marguerites. Tout autour, les oiseaux s'égaillaient de leur mieux dans l'air chaud de la prairie où rôdaient les odeurs mélangées de fleurs capiteuses, de riche humus, de graminées mûrissantes, de foin acide et de bouse fraîche. C'était la vraie vie. Le soir, relaxée, gavée, Cornélia, couchée sur la terre rafraîchie, écoutait la chanson stridente des prairies nocturnes, attentive à ces milliers de vies invisibles qui s'affirmaient sous la vaste voûte qu'une infinité de clous brillants semblaient tenir suspendue au-dessus d'elle.

A peine le jour s'allumait-il petitement qu'elle était la première près de la barrière et mugissait son bonjour au fermier, Jérémie.

C'est par un beau et frais matin qu'elle eut sa première idée frivole. A plusieurs reprises, elle poussa la barrière avec sa tête sans parvenir à faire sauter la broche qui l'attachait à la clôture. Puis, la magie du matin aidant à lui éclaircir les idées, elle se souvint tout à coup de ses cornes qui la rendaient si orgueilleuse et pencha la tête de côté pour toucher la barrière. Tenace, elle essaya encore, encore. Puis hop là! la broche sauta, la barrière bougea et Cornélia fonça, la piétinant sans façon comme on enjambe le cadavre d'un redoutable ennemi enfin terrassé. Le fermier qui était dans les champs, les yeux encore cousus de sommeil, faillit avoir une syncope en voyant Cornélia venir à sa rencontre, l'air le plus innocent du monde. Il se grattait la tête sans y rien comprendre. Mais la saison le tenait tellement occupé qu'il oublia vite l'incident.

Cependant une vache, surtout une vache du nom de Cornélia, n'oublie pas si facilement.

L'heure du train qui revenait deux fois par jour lui donnait toujours l'envie de faire des escapades. Bien soignée, délestée de son lait, elle sortait de l'étable revigorée et s'attardait toujours un peu à fureter et à rêvasser au lieu de reprendre docilement le chemin de son pré comme le faisaient la plupart des autres vaches. Souvent, elle appuyait sur la clôture sa tête trop lourde de rêves effervescents et regardait les trois enfants du fermier jouer devant leur maison. Un soir, le truc de la corne remonta de son subconscient. Elle pencha la tête de côté, et hop! une deuxième fois, plus de barrière. Bientôt, les enfants absorbés dans leur jeu la virent passer nonchalemment devant eux et l'un d'eux eut la présence d'esprit de courir à toutes jambes à l'étable: «Papa, papa, Cornélia s'est sauvée!»

Le père laissa son train en maugréant, saisit une branche fine et se mit à courir dans sa direction. Cornélia faisait mine de rien et continuait à brouter. Puis, quand le fermier fut sur elle, le bras haut, elle esquissa un petit saut de côté et prit dédaigneusement le chemin du pré. Les enfants se roulaient dans l'herbe tellement ils riaient de son manège.

Chaque soir, Cornélia recommença à la minute qui lui plaisait, minute qui était toujours la plus inopportune pour le fermier qui sortait de l'étable en jurant de façon de plus en plus scandaleuse. Et chaque soir, les enfants s'amusaient follement. Ils en vinrent même à guetter la sortie triomphale de Cornélia. Le pire est que les autres vaches en vinrent à profiter de l'aubaine et suivirent Cornélia en direction de la route. Ils s'ensuivit une véritable chasse aux vaches à laquelle tous les voisins, armés de branchages, participaient dans une pagaille des plus comiques. Chaque fois, Cornélia adoptait la même tactique: elle se laissait approcher et déguerpissait au moment même où un fermier la touchait presque de sa branche.

Ce qui me porte à croire que ses escapades ne résultaient probablement pas de la tentation bien bovine du foin-plus-vert-de-l'autre-côté-de-la-clôture. Sans être psychanalyste, je crois que c'était plutôt dû à un besoin profond d'attirer l'attention, même au risque d'un coup de bâton, et aussi à un besoin d'indépendance qui la portait à aller toujours où les autres vaches n'allaient pas, et finalement à un côté espiègle par lequel elle affirmait en avoir assez d'être une vache toujours sérieuse.

Cela, évidemment, ne pouvait durer longtemps. Au magasin général du village, Jérémie trouva une fermeture en forme de pince qu'il avait lui-même grand-peine à ouvrir et à fermer. Il l'installa le jour même sur la barrière et, le soir, Cornélia recommença son manège pour le plaisir de la galerie. Elle essaya une corne, puis l'autre, mais sans succès. Après plusieurs tentatives, elle dut battre en retraite et réintégrer son pré. Tout le monde riait, battait des mains en l'interpellant:

— Ah! ah! Cornélia, sors donc, viens nous voir! Cornélia! Cornélia!

Tout le monde s'amusait bien.

Sauf elle, évidemment.

Fut-ce l'humiliation? Ou le carcan imposé à son instinct de liberté? Ou la déception de n'avoir pas su faire apprécier son goût du jeu?

Toujours est-il que Cornélia, devenue sage malgré elle, perdit de sa qualité de bonne laitière et diminua grandement son rendement. C'est qu'elle n'était plus une vache aussi contente.

Et il y avait le fermier qui la dévisageait parfois d'un oeil troublant.

Mais des barrières à ouvrir, il y en a partout dans la vie...

C'est bien l'idée qui traversa l'intellect bovin de Cornélia un bel après-midi d'août alors qu'elle ruminait en paix, confortablement couchée sur le sol chaud. Depuis quelque temps son instinct la faisait souvent lorgner le champ de maïs qui s'élevait chaque jour de quelques pouces et débordait maintenant les clôtures. Pourquoi se gênerait-elle et ne se servirait-elle pas de la corne magique pour aller folâtrer dans cette direction?

Sans se presser, comme à l'accoutumée, elle donna un petit coup de corne sur la chaîne de la barrière qui gardait le champ de maïs, et hop!

Elle se sentit d'abord chatouiller les flancs par les grands plants rugueux qui, de leur hauteur respectable, lui faisaient une belle retraite ombragée, paisible où elle put s'attaquer à l'aise à un bel épi presque mûr. Hum! Quel délice! Un autre épi, puis un autre, et encore un autre! Les autres vaches suivirent, festoyèrent d'abord avec modération et ce fut bientôt la grande bouffe.

A l'heure du train, pas une vache en attente près de la barrière. «Où peuvent-elles bien être?» se demanda le fermier. Il retrouva dans le blé-d'Inde tout le troupeau de ses vaches saoûles, gonflées, ne tenant plus sur leurs quatre pattes. Le vétérinaire accourut, piqua les panses enflées pour les déballonner et tenter de sauver les ruminants.

A la ferme de la source perdue, ce soir-là, le souper ne fut pas très gai. Toute la famille avait le nez dans son assiette, n'osant le lever devant l'air courroucé du père ni s'informer du sort réservé à la malheureuse Cornélia.

Au dessert, le fermier demanda:

— Ma vieille, quelle quantité de boeuf reste-t-il dans le congélateur?

Les enfants avaient saisi. Ce fut un concert de supplications et de pleurs qui éclata:

— Non, non, ne tue pas Cornélia. Par pitié, papa. Elle est si belle et si gentille. Non, pas Cornélia.

Cela dura quelques minutes puis le fermier donna un grand coup de poing sur la table.

— Assez, dit-il. Cette vilaine vache a failli me ruiner. Il faut absolument qu'elle disparaisse. Mais je vais faire un compromis. Demain, je la mènerai à l'encan pour la vendre. Cessez de chialer.

Le lendemain, Cornélia avait encore l'estomac tout à l'envers quand le fermier, qui n'avait hélas! pas changé d'idée, la fit monter dans son camion. C'est à croire qu'elle acceptait son châtiment car elle ne se buta pas, gravit lentement la montée et, une fois dans le camion, tourna des yeux tristes vers le perron où trois gosses pleuraient à chaudes larmes la vache espiègle qui les avait tant fait rire.

Pénélope
l'aristocrate

Pénélope
l'aristocrate

A la ferme de la source perdue, il y avait pourtant un personnage que tout ce branle-bas causé par Cornélia laissait suprêmement indifférent. Ce personnage s'appelait Pénélope.

Cornélia avait beau s'évader et entraîner avec elle tout le troupeau, Pénélope détournait la tête avec dédain et n'aurait rien tenté pour aider son maître. Qui était Pénélope? Eh bien! c'était une belle chienne Labrador, d'un noir luisant parfait. L'intérieur même de sa gueule et sa langue étaient noirs, ce qui attestait mieux que n'importe quel certificat de l'excellence de ses antécédents.

En effet, elle était une chienne de race pure. Elevée en ville, ses propriétaires avaient dû un jour se résigner à s'en défaire, lorsqu'ils constatèrent que la taille de Pénélope ne concordait plus avec celle de leur appartement; forcément, la ville ne pouvait lui être longtemps salutaire. C'est alors qu'ils la donnèrent à leur ami Jérémie et ainsi Pénélope échoua un bon matin à la ferme de la source perdue.

Mais elle le prit comme une déchéance. Dès qu'elle huma l'odeur de fumier qui flottait dans l'air, elle retroussa ses babines et se coucha à plat, la tête tristement posée sur ses pattes allongées.

On sentait qu'elle avait, enraciné en elle, l'esprit citadin le plus détestable: celui qui attribue toutes les qualités aux habitants des villes et considère tous les campagnards comme retardés ou frustres. Pour comble, on la fit coucher dans le foin de l'étable qui sentait fort et qui piquait. Les vaches retournaient la tête à tour de rôle et la dévisageaient d'un oeil perplexe et vide. Pénélope ne parvenait pas à dormir, dérangée par leurs *meu-meu* idiots et regrettant de toutes ses forces le tapis moelleux et la bonne chaleur de son appartement de ville.

A la ferme, il n'y avait que Clarinette, la grande chèvre noire et blanche qui fraternisait avec elle. Elle eût été entièrement noire si son dos et sa queue n'avaient été rayés de blanc. Ses larges oreilles, striées aussi de blanc, faisaient pendre de chaque côté de sa tête des boucles d'oreilles démesurées de femme parvenue. En outre, sa tête était piquée de deux petites cornes haïssables. Dès qu'une auto s'engageait dans l'entrée, elle traversait son champ et s'arrêtait près de la barrière, dévisageant les visiteurs, absorbée à espionner leur conversation. De longs moments, elle et Pénélope se tenaient debout, nez à nez, yeux à yeux, et nul ne sut jamais ce que renfermait ce dialogue de bêtes.

En accueillant Pénélope, le fermier croyait avoir acquis un bon chien à vaches, comme on dit couramment, mais il déchanta vite. Pénélope n'était nullement intéressée à assumer ce rôle-là et elle tint son bout coûte que coûte.

Ce n'est pas que le fermier n'essayât pas de la dresser à cette fin. Il faut dire que Pénélope s'attacha à lui dès son arrivée à la ferme. Elle le suivait partout, gambadait follement derrière la charrette à foin et tournoyait autour de lui en aboyant quand il prenait le chemin de l'érablière. Mais quand il lui disait: «Viens chercher les vaches avec moi, Pénélope», elle le suivait bien jusqu'à la première barrière puis s'éclipsait brusquement. Quand les vaches commencèrent leur sabbat, guidées par Cornélia, toute la ferme, et même tout le rang, entra en ébullition, mais Pénélope resta assise, très droite, devant la maison, comme une souveraine bien au-dessus des vils remous du menu peuple.

C'était bien dommage. Parce qu'elle était belle, robuste et excellente gardienne. De plus, tout le monde l'aimait. Les enfants l'adoraient, montaient sur son dos, lui faisaient tirer leur voiturette et lui faisaient mille tracasseries sans qu'elle montrât un seul de ses crocs qui étaient pourtant imposants. Ils riaient bien de la voir patauger dans l'eau des rigoles que les lourdes pluies avaient remplies jusqu'au bord. Mais c'était encore Jérémie qu'elle préférait. Un soir, pendant les foins, comme la noirceur tombait sans qu'il fût rentré, Pénélope, assise au pied d'un arbre, se mit à hurler sa peine à la lune montante. Quand enfin il arriva et descendit du tracteur, elle faillit le renverser tellement elle sauta joyeusement sur lui.

Le drame était que Pénélope, de par sa nature, n'était tout simplement pas une chienne à vaches.

Très intelligente, elle se rendait bien compte que le fermier était déçu de son comportement et s'impatientait de plus en plus de la voir ainsi se buter.

Ainsi, quand elle le devinait courroucé, elle disparaissait pendant plusieurs heures. Bonne philosophe, elle savait d'instinct que l'absence refroidit bien des colères et arrange beaucoup de choses.

Alors, elle passait des heures assise au beau milieu d'un champ, immobile, contemplative, sa belle tête noire émergeant parmi l'aigrette des avoines qui tremblotaient dans le vent d'été.

Ou bien, elle filait à toute allure à travers les prairies et reparaissait seulement lorsque le soleil commençait à pâlir. On la voyait alors de loin accourir vers la maison, tenant dans sa gueule une belle marmotte dodue qu'elle laissait fièrement tomber aux pieds de son maître. Que voulez-vous? Les labradors ont un excellent flair pour la chasse. Le fermier, honteux de sa rudesse, flattait le beau poil de Pénélope et celle-ci était de nouveau heureuse.

Cependant les incartades répétées de Cornélia et compagnie agaçaient de plus en plus le fermier. Il se disait, avec raison, que s'il avait un bon chien à vaches, il n'aurait pas toute cette inquiétude.

Il savait aussi qu'il ne se résignerait pas à se débarrasser de Pénélope qui faisait tout de même partie de la ferme. Que faire donc?

L'encan hebdomadaire au village lui fournit la réponse. Après avoir fait le tour des étalages de fruits, légumes, fromages, bottines, vêtements, cadres, outils, bibelots et meubles de toutes sortes, il s'arrêta devant l'enclos réservé aux animaux vivants et se mit à regarder les canards, oies, lapins, poussins, chats et chiens. Mais oui, pourquoi pas un deuxième chien? Celui qu'il acheta était un bâtard pas très joli, mais suffisamment musclé et jappeur à souhait, de sorte qu'il pouvait espérer le dresser à courir après les vaches.

On devine l'accueil des enfants. Ils se mirent immédiatement à jouer avec le nouveau venu, oubliant presque la pauvre Pénélope. Celle-ci ne fut pas hostile à Ricky, mais le regarda de haut et s'en fut lentement se coucher à l'ombre de la laiterie.

Sa paix fut de courte durée. Ricky la rejoignit bientôt et, comme c'était un jeune chien, il entreprît de jouer avec elle. Il lui mordillait la queue, les oreilles, les pattes, si bien que Pénélope dut plusieurs fois émettre un grognement avertisseur et sortir ses crocs blancs. Dans les jours qui suivirent, elle n'eut presque pas de répit. Quand elle voulait piquer un somme, Ricky la rejoignait invariablement et recommençait son harcèlement.

Elle n'avait d'autre ressource que de se sauver à travers les champs le plus souvent et le plus longtemps possible. Elle en vint à disparaître des journées entières.

Ricky, naturellement jappeur, accompagnait son maître et suivait le troupeau de vaches à l'heure du train. Il prit vite le tour de ramener à l'ordre la vache qui traînait en arrière ou qui sortait des rangs en lui mordillant les pattes. Jérémie en était tout content et flattait Ricky en le félicitant, sans tenir compte de la susceptibilité de Pénélope qui observait la scène.

Les jours où cette dernière était à la ferme, elle devait continuellement changer d'endroit pour avoir un peu de paix car Ricky la taquinait sans cesse dans l'espoir de jouer avec elle.

Un jour, complètement excédée, elle lui mordit le museau assez fort pour le faire arrêter et Ricky s'éloigna en hurlant à tue-tête, tel un enfant impossible qui crie pour faire punir les autres. C'est ce qui arriva, en fait. Par malheur, le fermier n'était pas loin. Il rabattit son bâton sur Pénélope en disant: «Vilaine chienne, t'en prendre à un si vaillant petit chien! Jalouse!» lui dit-il.

Ce n'est pas un reproche qu'une chienne aristocrate comme Pénélope pouvait encaisser facilement. Tout le jour, elle feignit de dormir, laissant sa pâtée intouchée, faisant mine d'accepter le châtiment.

Le soir vint. Un beau soir d'été, plein de chants tardifs qu'on put entendre aussi longtemps qu'il resta au ciel une lueur de jour. Puis, avec l'ombre, les noctuelles envahirent la cour dans un nuage pétillant, concentré surtout dans le halo jaune des lampes électriques suspendues au coin des bâtiments. Pénélope en happa quelques-unes en claquant des dents.

Puis elle se leva, s'étira et se dirigea vers la route. Elle marchait lentement, adoptant le rythme de la nuit qui prenait déjà sa respiration de dormeuse. Elle ne se retourna même pas quand, déjà loin derrière, la ferme grogna d'une porte.

Jamais elle ne reparut à la ferme de la source perdue.

Rose-Grise
la
tendre

Rose-Grise
la
tendre

Quiconque, par une belle journée d'été, suit une route de campagne, est inévitablement envahi par une impression de paix et de calme qui semble régner indéfiniment jusqu'aux libres limites de l'horizon clair. Mais chaque ferme qu'il traverse, chaque champ, chaque bâtiment et même, chaque motte de terre, camoufle ses petits drames, imperceptibles dans la large paix bucolique.

Ainsi, pendant que Cornélia l'espiègle faisait la pluie et le beau temps à la ferme de la source perdue, et que Pénélope l'aristocrate ne trouvait d'autre solution que celle de la démission, Rose-Grise la tendre se débattait avec son petit drame personnel.

Elle était bien curieuse à voir cette Rose-Grise. C'était une petite chatte rondelette, aux petites pattes en forme de boules, à la fourrure gris foncé parsemée ici et là de taches claires qui tournaient au rose, un peu comme si elle avait été mangée des mites. Quand on la voyait pour la première fois, on faisait malgré soi une grimace de dégoût tellement on la trouvait laide. Puis on s'habituait vite à son originalité et on reconnaissait qu'elle était un peu comique et bien mignonne.

Rose-Grise faisait parfois un petit tour à la fraîche autour des bâtiments, et même jusque sur le perron de la maison, allant jusqu'à se pavaner devant la visite, car elle appartenait au menu peuple des chats de grange qui ne se laissent jamais toucher par l'homme et qui s'aventurent rarement au dehors pendant le jour. Rose-Grise était la plus sociable d'eux tous, peut-être bien avait-elle parmi eux une mission d'éclaireur, on ne le sut jamais.

Si, par une belle journée, vous entrez dans la grange, tout ce que vous entendez serait le froissement soyeux des mulots qui déguerpissent. Jamais vous ne soupçonneriez les nombreuses familles de chats qui vivent dans les recoins, sous les amas de foin et, par conséquent, tous les drames de famille et de société qui se jouent dans la noirceur tiède des «balles» de foin.

Mais attendez que Jérémie vienne faire son train. Il surgit alors de partout une vingtaine de chats de toutes dimensions qui se postent devant les écuelles placées à terre à leur intention et attendent en miaulant leur part du bon lait chaud de Cornélia et de ses soeurs. Ils disparaissent ensuite comme par magie, le reste de leur diète leur étant fourni par les infortunés mulots que l'appât du grain attire vers l'aventure.

Il eût donc été surprenant qu'il ne se trouvât presque continuellement dans la grange des portées de minous sommeillant ici et là dans le creux des brindilles de foin, bien veillés par une mère vigilante.

La population de la grange était d'ailleurs en grande partie féminine, les matous aimant courir les risques de la chasse à l'extérieur et ne revenant vers ces dames que pour des raisons bien précises. Ils étaient donc encore plus sauvages que les chattes, celles-ci étant habituées à voir rôder autour d'elles les gens de la maison.

Ainsi, Rose-Grise avait une charmante voisine, Blanche-Queue, qui surveillait avec orgueil les trois plus beaux chatons du monde. Les enfants venaient les voir chaque jour et se disputaient entre eux pour décider lequel ils garderaient à la maison. Mais quand ils venaient trop souvent les admirer pendant le jour, Blanche-Queue les déménageait prudemment la nuit venue. Et le lendemain, les garnements avaient un plaisir fou à fureter dans le foin pour les découvrir.

Ce n'était pas là le drame. Tous les enfants du monde aiment ces petites boules duveteuses et aveugles que sont les chatons, et les chattes — même les chattes de grange — le savent bien.

Le drame dut survenir une nuit. Jérémie, en venant faire son train du matin, entendit une chatte miauler de désespoir. Contrairement à son habitude, Blanche-Queue alla au-devant du fermier, comme pour demander protection. «Où sont tes minous?» demanda-t-il. «Dis-moi où tu les as mis?» Atterrée, la chatte pleurait de plus en plus.

Jérémie chercha un peu dans le foin, mais sans succès.

C'était vraiment à vous fendre le coeur que d'entendre cette pauvre petite mère qui miaulait sans arrêt, et, si fort, qu'on l'entendait même de la maison. Toute la famille la prit en pitié, et chercha les minets, mais en vain.

Dans le brouhaha général, personne ne s'aperçut que Rose-Grise avait disparu. Blanche-Queue, inconsolable, continua ses lamentations pendant plusieurs jours, puis celles-ci diminuèrent peu à peu d'intensité, probablement par suite d'épuisement.

Quelque temps plus tard, le fermier travaillait à l'arrière de la grange lorsqu'il trouva les trois cadavres des chatons et aperçut en même temps un gros matou qui se faufilait derrière les cordes de bois. Il comprit aussitôt. Faisant mine de rien, il alla tranquillement à la maison décrocher sa carabine et se cacha jusqu'au retour de l'assassin. Pan! Le coup se répercuta de champ en champ, distrayant un moment les vaches brouteuses. «Une bonne affaire», dit-il tout haut en enterrant d'un vigoureux coup de pelle le méchant matou.

Une fois le drame passé, Rose-Grise ne se montrait toujours pas. Un moment, le fermier eut peur que le matou ne lui eût fait, à elle aussi, un mauvais parti. Puis les jours passèrent et on oublia un peu le grand drame félin de la source perdue.

Une bonne quinzaine plus tard, Véronique, la fermière, reçut la visite de sa voisine venue se faire expliquer un patron de couture.

Tout en travaillant, la voisine lui dit: «Sais-tu ce que nous avons trouvé dans notre grange? Ta chatte Rose-Grise et ses quatre petits chatons»!

— Ah! c'était donc ça, s'exclama Véronique, pauvre petite! Elle s'était sauvée pour avoir ses chatons en paix. Ce que l'instinct peut leur faire faire tout de même!

Aussitôt, les enfants coururent à travers champs vers la grange voisine, pour admirer la progéniture de Rose-Grise et ils s'amusèrent bien de voir qu'un des chatons était comme sa mère: gris foncé avec des taches roses.

— Laissez-la en paix ou elle se sauvera plus loin, leur dit la mère. Elle a bien mérité d'être tranquille.

Quelques jours passèrent sans incident. Puis, un matin, Rose-Grise revint dans la grange, seule, et inspecta tous les coins avec un air de grande sagesse. De nouveau, elle disparut.

Deux jours plus tard, à l'heure du train, Jérémie l'aperçut qui buvait de bon coeur dans l'écuelle des chats. «Et tes chatons?» demanda-t-il. Rose-Grise sauta dans le foin et le fermier vit près d'elle les quatre chatons pelotonnés qui ronronnaient. «Vaillante bête», dit-il.

Oui, vaillante bête en effet. Elle était venue seule d'abord pour surveiller les lieux et s'assurer qu'il n'y avait plus trace de matou. Puis, à la nuit, elle avait dû les transporter un à un dans sa gueule, sur toute la largeur des champs, malgré les rigoles et le foin haut, bien décidée à réintégrer son logis puisque le danger était passé.

J'ai bien connu Rose-Grise, et je puis dire que cette histoire est authentique. Elle prouve que les bêtes ont des comportements étonnants, planifiés, admirables de courage.

Je ne puis l'oublier qui me regardait, heureuse, au milieu de sa famille, dans la grange qui était sa vraie maison. Et je me disais alors que si elle avait été une chatte anglaise, elle eût sûrement fait entendre un miaulement qui aurait résonné à mes oreilles un peu comme «*Home sweet home!*»

L'encan
chez
Jos. Gauthier

L'encan
chez
Jos. Gauthier

La rumeur courait depuis quelque temps, mais là, c'était bien écrit dans le journal agricole: Jos. Gauthier faisait encan le dix novembre!

— Quelle tristesse, tout de même! remarqua Jérémie.

— Une si belle ferme! Vendue en plus à des spéculateurs, renchérit Véronique.

La ferme de Jos. Gauthier était en effet l'une des plus belles dans le rang de la source perdue. Ses deux garçons, sur qui il comptait pour l'aider, n'aimaient pas la terre: l'un était instruit et préférait enseigner à la polyvalente, l'autre avait gagné la ville où il avait trouvé un emploi à son goût. Alors, Jos. avait dû se résigner à embaucher de l'aide. Il avait d'abord engagé un paresseux, puis un ivrogne, ensuite il était tombé sur un voleur, et là, le découragement avait commencé à lui souffler l'idée de vendre la ferme. D'autant plus que les tracasseries du gouvernement pour ce qui était du quota de lait n'étaient pas de nature à l'encourager.

Comme pour faire déborder la mesure, un beau matin à cinq heures et demie, en sautant du lit pour aller faire son train, il ressentit une douleur poignante du côté du coeur. Le médecin, consulté dans la journée, le confirma dans son idée: «Vends-moi tout cela au plus vite et repose-toi. Tu en as assez fait, tu es au bout.»

Alors ses hésitations tombèrent et il décida de vendre. Aussitôt la nouvelle répandue, les acheteurs affluèrent et Jos. Gauthier, qui l'en blâmera? choisit le plus offrant sans trop s'arrêter au sort qui attendait sa terre: tourbière ou lotissement. Et, en attendant de faire encan, il déménagea au village avec sa vieille.

Arriva donc le jour de l'encan chez Jos. Gauthier. Un bien mauvais mois, novembre, pour un encan; un mois d'un automne croupissant et maussade. Un bien mauvais jour en plus, avec un ciel bas qui pesait comme un couvercle, un froid âpre qui mordait la peau et qui râclait les os.

Mais un encan est quand même une belle occasion de rencontrer toute la paroisse, de supputer ce que contenait la ferme vendue et de glaner les toutes dernières nouvelles et rumeurs.

C'était facile pour les étrangers de trouver la ferme à Jos. Gauthier, ce jour-là. Les autos et les camions stationnés formaient un long monôme en bordure de la route, et, tout autour de la maison, les meubles étaient éparpillés comme des fantômes. De l'autre côté de la cicatrice noire formée dans l'herbe par le fossé, les instruments aratoires chômaient dans des poses de sculptures futuristes. Devant la remise, des tas de ferraille, bouts de clôtures à neige, chaînes de différentes grosseurs, outils de toutes sortes, attendaient, empilés, les chasseurs d'aubaines.

Quatre ou cinq mouettes, dont le vent étirait les cris, étaient venues exprès du lac St-François pour superviser le tout en encerclant le ciel au-dessus de la ferme de leurs grands vols planés.

Déjà, des petits groupes de cultivateurs allaient examiner un objet ou un autre et finissaient par entrer dans l'étable pour choisir secrètement, en connaisseurs, les vaches qui leur convenaient. Là, comme dehors dans la cour, ils parlaient tranquillement entre eux, sans trop dévoiler leurs intentions d'acheter, et chacun essayant d'obtenir de l'autre le plus de nouvelles possibles. Le prix payé par l'acheteur de la ferme les obsédait: «J'ai entendu dire... Il paraîtrait que... la ferme s'est vendue $125,000. Es-tu au courant? C'est bien trop cher à mon avis!» La même phrase pouvait être entendue dans chaque groupe.

Tout le monde avait bien remarqué que les deux grands ennemis du rang se trouvaient là, côte à côte. Antoine et Odilon en étaient venus, à propos de peccadilles, à se détester autant que deux médecins du même patelin. Leur présence promettait de mettre du piquant dans l'enchère car ils ne manqueraient pas de miser sur le même objet ou la même vache. Aussi, chacun les surveillait d'un oeil, un petit sourire au coin de la bouche.

Enfin, le crieur s'amena. Il était connu comme Barabbas dans toute la région et chaque assistant le saluait d'une taquinerie. Les gens étaient près de s'impatienter. Malgré leurs coupe-vent d'hiver, ils commençaient à trembler comme des graminées et ils sentaient leurs pieds et leurs doigts engourdir. Enfin le haut pupitre de bois fut placé au milieu de la cour, le haut-parleur branché sur le courant de la grange et Ti-Pit, le secrétaire, la tuque renfoncée sur les oreilles, ouvrit son grand livre et humecta son crayon de salive.

L'encanteur commença à défiler son charabia en offrant d'abord, interminablement, la moindre ferraille que contenait le hangar. Il suffisait de lever à peine la main pour faire compter sa mise, sitôt offerte à la surenchère dans un jargon bien spécialisé, aussi monotone et incompréhensible que le glou-glou d'une gargouille. (A propos, si un jour vous aviez besoin d'une vache ou de quelque autre objet figurant dans un encan, faites-vous d'abord l'oreille au vocabulaire du crieur et surveillez votre main pour qu'elle n'aille pas gratter votre crâne en un moment importun, car vous pourriez ramener chez vous une surprise peu agréable.)

Tout le monde entoura ensuite la maison. Le tour des meubles était venu. Véronique, comme plusieurs autres fermières, était surtout intéressée par l'ameublement. Un lit de fer obtenu à bon compte, une commode pour les enfants, une belle lampe à l'huile sont toujours utiles. Mais le spectacle la rendait quand même triste: tous ces objets qui avaient partagé la vie intime de la famille et qui avaient été entretenus avec amour par la fermière étaient exposés là, sans pudeur, pêle-mêle sur la terre boueuse, près du jardin ossifié qui avait l'air d'un petit cimetière. Véronique remarqua dans l'assistance deux messieurs en bottes de cuir fin et manteaux en poil de chameau. L'un d'eux avait le visage aussi embroussaillé qu'un paysage forestier. Elle tourna le dos en se disant: «Inutile de chercher à miser ici: les antiquaires vont passer avant nous.»

Une fois le ménage liquidé, l'encanteur se dirigea vers la machinerie, au grand intérêt des hommes. Un vol de feuilles mortes frôla le visage des assistants qui enjambaient l'un après l'autre le fossé glaiseux, pour se rendre dans le champ où était figé tout l'appareil de la ferme: tracteurs, semeuses, moissonneuses, wagons, charrues, râteaux, herses, roulettes, épandeurs, presses, charrues à rigoles, souffleurs à silo, moulins à foin, conditionneurs, etc...

Pendant ce temps, la femme de Jos. Gauthier faisait une dernière visite à l'étable. Elle fit lentement le tour des allées, en appelant plusieurs de ses vaches par leur nom ou leur numéro. Ses préférées eurent droit à une tape amicale sur la croupe, puis madame Gauthier sortit en refermant la porte derrière elle. Plusieurs personnes remarquèrent alors qu'elle s'essuyait les yeux. L'un de ses fils la reconduisit au village d'où elle ne reparut plus.

Le groupe était revenu dans la cour, une fois terminée la vente du roulant. Le quota de lait fut vendu ensuite, et, au milieu des farces de l'encanteur, furent attribués l'outillage de la laiterie, puis le grain, le foin restant, les trayeuses, les balais, les fourches, etc...

L'encanteur annonça très fort que c'était maintenant le moment si attendu de vendre les vaches. Chaque vache était tirée dehors dans un petit enclos rond pour y être bien en vue. Il y en avait quelques-unes qui possédaient un meilleur record de production que les autres et il les garda pour la fin afin de soutenir l'intérêt.

Antoine et Odilon attendaient ce moment-là pour lever la main car ils s'y connaissaient en matière de troupeau et ils se surveillaient mutuellement comme deux chats prêts à bondir.

Entre-temps, circulait discrètement dans le cercle des fermiers serrés autour de l'enclos un gros flacon de gin qui, en plus de ramener la chaleur dans leurs veines, les disposait à jouir pleinement des plaisirs de l'encan.

Vint le tour d'une belle Holstein, une des meilleures laitières du comté, qui valait bien son mille dollars.

— Pour celle-là, les gars, dit l'encanteur, je commence à $700.

Un couple d'habitants la firent monter chacun de $50, puis Antoine, le premier, renchérit de $100. Aussitôt Odilon fit de même, et ce fut alors une joute serrée à coup de cent dollars entre les deux preneurs, si bien que l'encanteur avait à peine le temps de prononcer ses: «qui dit mieux.... une fois.... deux fois», etc. On sentait que l'enjeu pour la vache avait tourné en une véritable bataille de coqs et cela amusait follement toute la cour qui tournait la tête vers l'un puis vers l'autre, comme si tout à coup l'assistance eût été changée en un choeur de marionnettes.

Aucun des deux ne lâchait, par orgueil. Ainsi, on n'entendit plus que $1 000, $1 100, $1 200, et ainsi de suite, tenez-vous bien, jusqu'à $2 000. A ce chiffre, Odilon lâcha un énorme sacre et tourna le dos. L'encanteur cria: «Vendu, adjugé à monsieur...?» sur un ton interrogateur, exprès pour faire dire son nom à Antoine, bien qu'il le connût depuis fort longtemps.

Un auditoire de cultivateurs n'est pas ce qu'il y a de plus bruyant. Pas un ne pipa, mais on sentit dans l'assistance un petit vent d'ironie lequel, le gin aidant, fit complètement oublier le froid de novembre. Toute l'assistance avait tourné le dos en même temps et une bonne cinquantaine d'yeux narquois suivirent le bras d'Antoine au bout duquel pendait une corde qui halait vers le camion un bétail précieux valant deux mille beaux dollars.

Grève
au
poulailler

Grève
au
poulailler

Quelques semaines avant les fêtes, Véronique se rendit un soir chez sa voisine occupée à ce moment-là à diverses corvées dans le poulailler. Après avoir abordé différents sujets, la voisine lui dit: «Veux-tu venir faire un bout de veillée à la maison?»

— Non, merci, dit Véronique, les enfants sont seuls. J'étais venue te dire que je suis prête à recevoir les vingt-cinq poulets que tu avais promis de me vendre.

— C'est parfait, dit l'autre, mon mari les tuera ces jours-ci et je t'aiderai ensuite à les plumer.

— Tu es bien gentille. Bonsoir donc.

Et les deux amies quittèrent le poulailler sans se rendre compte que le caquetage à l'intérieur avait subitement diminué, comme un vent qui tombe brusquement juste avant l'orage. Elles ne se seraient jamais douté du branle-bas de contestation qui suivit leur départ, car elles ignoraient que la contestation, en notre siècle, envahit jusqu'à la campagne, voire même les poulaillers.

— Ce n'est pas juste, dit un poulet. Je refuse de me faire tuer. Ma vie ne fait que commencer. Que le fermier en choisisse un autre!

— Moi aussi, moi aussi, crièrent les uns après les autres tous les poulets, dans un mouvement de foule qui se changea bientôt en un véritable front commun.

Le plus hardi d'eux tous, qui avait déjà sur la tête une esquisse de crête rouge, s'étira le cou et proclama:

— Il faut faire cesser cette cruauté de l'homme qui nous engraisse hypocritement pour ensuite nous manger. Je propose que nous fassions la grève.

A cette annonce, il y eut un vacarme indescriptible dans la cabane. Tous les volatiles criaient: «La grève! la ruine du fermier! la liberté! etc...» Chacun essayait de battre des ailes, coqueriquait gauchement, caquetait dans le plus grand désordre. Les plus révoltés allaient cabaler auprès des endormis, allant même jusqu'à les aiguillonner de leur bec pointu. C'était vraiment l'anarchie.

Alors le coq, superbe gallinacé, grand maître de ces lieux, jusque-là demeuré impassible, se percha sur une haute poutre, à la vue de tous, et lança le plus formidable cocorico qu'oreille de poulet n'eût jamais entendu.

— Silence! fit-il de sa voix enrouée mais imposante. Cessez vos utopies. On ne peut rien contre sa destinée. De tous temps, les poulets ont été mangés par les hommes. Une vie grasse et protégée suivie d'une mort propre vaut mieux que tous les pièges d'une existence supposément libre à l'extérieur. Croyez-en mon expérience. D'ailleurs, vous ne savez pas lesquels vingt-cinq d'entre vous seront choisis. Il vous reste donc une chance. Maintenant que chacun dorme, et plus un mot.

Le bruit diminua en effet, mais pas complètement. C'étaient plutôt des chuchotements qu'on entendait:

— Il peut bien parler, le vieux, dit l'un, personne n'en veut dans sa soupe. (Car il y avait, là aussi, un fossé entre les générations.)

— Une bonne grève, c'est la seule solution.

— Mais comment? dit un autre.

— La grève de la faim.

— Es-tu fou? On n'arrivera pas à maigrir assez en deux jours pour n'être plus mangeable.

— C'est vrai. Que faire?

— Que faire? se mirent à gémir à la fois les deux cents poulets qui, à force de pleurer, eurent bientôt l'air d'un peloton de poules mouillées.

— Coq, fais-les taire, gloussèrent en choeur les pondeuses douairières blotties sur leur nid à l'autre bout du poulailler. Nous travaillons assez dans la journée pour mériter de dormir la nuit. Après tout, c'est nous qui assurons le revenu du poulailler.

Le coq en eut assez de la contestation.

— Dernier avertissement, dit-il.

Il gonfla magnifiquement son jabot, déploya ses ailes acérées et pointa ses ergots en signe de menace. Ce fut suffisant.

Chaque pauvre petit poulet se percha sur sa barre, d'un oeil rond fit semblant de dormir tandis que de l'autre il fixait la fenêtre cassée comme une brèche vers la liberté. On a beau avoir une cervelle d'oiseau, il y passe quelquefois des éclairs. Si la vitre cassée faisait se renfrogner les vieilles pondeuses frileuses, elle suggéra aux poulets en péril une solution miracle. A voix basse, ils se donnèrent le mot de passe, tout en surveillant le coq qui, petit à petit, dégonflait sa colère et s'apaisait dans un royal sommeil.

Mais, pendant que durait le vacarme, vint à passer non loin de là le renard Grand-Gourmet, amateur de poulet. Arrivé près du poulailler, il n'en crut pas ses oreilles redressées bien à pic.

«Qu'est-ce qui peut bien se passer là-dedans, se dit-il. Il vaut la peine de se cacher et d'attendre.»

Et, par deux fois, il passa sa langue humide sur ses babines pointues, en reniflant à plein nez l'odeur alléchante du poulailler.

La nuit venue, il rêva plus qu'il ne dormit, le goût du poulet lui revenant sans cesse dans le gosier, ses dents faisant d'avance éclater les os délicats.

Après une bonne heure, un léger bruissement réveilla tout à fait ses instincts. Il vit, par le trou du carreau, une petite boule de plume remuer puis, plop! tomber à ses pieds.

«Quelle aubaine!» se dit-il.

Puis, se ruant dessus, il la saigna d'une dent experte.

Il n'avait pas fini de se régaler qu'un autre poulet sauta et subit le même sort, puis un autre, et encore un autre. C'était la grande bouffe. Quand le renard s'arrêta, il avait la panse ballonnée et des haut-le-coeur! Il s'éloigna lourdement, la digestion déjà pénible.

Quelques rares volatiles sautèrent ensuite, tournèrent en rond et s'éparpillèrent dans l'herbe inhospitalière, pour errer sans but.

Au matin, les abords du poulailler ressemblaient à un champ de bataille. Par chance, il ne s'élevait aucun vent, car il eût sûrement neigé des plumes dans les environs. La terre était couverte de cadavres et des odeurs de carnage sautaient au nez.

Des volatiles inexpérimentés, obsédés de liberté, il ne restait que ces dépouilles répugnantes, fruits d'une contestation irréfléchie.

Tout le monde y perdit: le fermier qui s'arracha les cheveux en découvrant l'horreur de la mutinerie, les poulets qui moururent quand même mais d'une mort point noble, et le renard qui, l'apprit-on plus tard, fut dangereusement malade.

Le
survenant
des
neiges

Le
survenant
des
neiges

Ainsi que dans toute la région l'hiver dominait à des milles à la ronde autour de la source perdue. Il ne se contentait pas d'être la saison la plus longue; encore lui fallait-il accaparer d'avance plusieurs semaines pour se faire pressentir, redouter, préparer, et plusieurs semaines après pour se faire pardonner, et délivrer péniblement la nature qui n'osait plus croire à sa joie de vivre. De la sorte, il ne restait dans l'année qu'une bande étroite, coïncée, de semaines, pour un tout petit été pas toujours assez beau et chaud pour racheter les mauvais et froids souvenirs.

Une fois de plus, l'hiver était donc bien installé à la source perdue. Jusqu'à Noël, il avait été plutôt prudent, ne manifestant pas complètement sa puissance de froidure et sa rage d'enneigement. Mais ces jours-là, il était vraiment le maître. Trois tempêtes de neige en deux semaines et demie, c'était plus que ne pouvaient absorber la terre la plus patiente et les gens les plus optimistes.

La dernière avait commencé avec des airs de douceur, semblant venue là pour alléger les tensions, ouater l'atmosphère. Pendant toute une journée, le ciel avait été tendu de fine mousseline dont les pois blancs glissaient doucement vers le sol, à mesure que se déroulait le rideau mouvant des flocons de neige. En se dirigeant vers l'étable, Véronique reçut une étoile sur les cils, puis une autre au bord des cheveux, puis une autre sur la joue.

Ses yeux brillaient et la peau de son visage était lisse sous la fraîcheur vaporeuse de cette neige paresseuse et lente qu'aucun vent ne contrariait. Bientôt tout le paysage fut reposant à l'oeil dans la totalité de ses lignes courbes et blanches. La maison elle-même semblait confortablement assise sur un ébredon ouaté, les glaçons inégaux frangeant son toit accablé de neige.

Mais sur le soir la bourrasque s'éleva, tordant les branches crêtées de blanc, dépouillant les sapins accablés, amplifiant d'heure en heure son sifflement modulé et sinistre. La neige avait cessé de tomber, mais le vent levait des nuages de poudrerie qui eurent vite fait, à maints endroits, de bloquer les routes nullement à l'abri dans ce pays partout égal. L'air, en se déplaçant, fit bientôt régner un froid sec qui, de son souffle brûlant, fit craquer les grands arbres et cliqueter les feuilles obstinées gelées aux branches. On ne restait pas longtemps dehors sans le sentir s'insinuer dans les membres picotés de douleur jusqu'aux os transis.

Dans toute sa circonférence, la campagne était devenue un désert blanc. Véronique restait murée dans la maison, prisonnière de la vitre cristallisée de minces fougères et d'étoiles givrées qui lui cachait un pays blanc, poudré ciel et terre par le nordet hurlant au coin de la maison comme un loup maléfique.

Misère? dites-vous. Allons donc! La ferme de la source perdue n'était pas celle de Maria Chapdelaine. Dans le foyer de la maison douillette, le feu en gerbes transformait patiemment en braises ardentes la bûche d'érable qui s'affaissa soudainement dans l'âtre en un grand fracas d'étincelles palpitantes. Véronique quitta sa machine à coudre pour tisonner l'âtre et remettre une autre bûche. Elle ferma le poste de radio et jeta un rapide coup d'oeil dans la salle de jeu où les enfants, en congé forcé, oubliaient pour l'instant de se chamailler devant un captivant programme de télévision. Puis elle se rassit devant sa couture et demeura un instant songeuse en attendant que la bobine, une fois gonflée à capacité de fil, arrêtât son ronron monotone.

Un aboiement la fit sursauter.

— Pénélope, tais-toi, dit-elle. Tu sais bien que personne ne peut venir par un temps pareil.

Mais Pénélope jappait deux fois plus fort et tournait autour de Véronique comme pour l'avertir de quelque chose. Celle-ci, avec ses ongles, gratta la vitre de la porte et vit un homme, blanchi de neige, à demi affaissé dans les marches de l'entrée.

Elle cria aux enfants: «Venez m'aider», et à quatre ils réussirent à le hisser dans la maison et à l'installer dans le grand fauteuil devant le feu. L'homme haletait si fort qu'il ne parvenait pas à articuler une seule parole, mais il ne cessait de pointer le doigt en direction de la route. L'un des enfants s'habilla en hâte pour aller voir ce qu'il y avait, revint dire que l'auto de l'étranger était à demi ensevelie sous les bancs de neige.

— Pendant que tu es habillé, cours vite chercher ton père à l'étable, lui dit Véronique.

Pendant ce temps, elle avait retiré à l'homme son manteau et son chapeau et aussi, de peine et de misère, ses bottes toutes raides de neige durcie. Elle lui allongea les jambes sur un pouf et, à l'aide d'une serviette humide tenta de débarrasser sa barbe grise des petits glaçons qui y étaient restés accrochés, comme à un arbre de Noël miniature. Les dents de l'homme ne cessaient de lui claquer dans la bouche et son dos frissonnait. Elle lui versait un verre de cognac quand Jérémie entra:

— Je suis allé planter un drapeau rouge au bout d'une longue perche pour que la charrue ne démolisse pas votre auto, dit-il. Reposez-vous, vous parlerez tantôt.

Tout recroquevillé dans une chaude couverture, l'homme reprit peu à peu sa respiration normale et s'assoupit.

Jérémie dit alors: «Il a dû pelleter pour essayer de dégager sa voiture. A son âge, et par ce vent glacé, il a été chanceux de ne pas avoir une crise cardiaque.»

Les enfants venaient à tour de rôle, sur la pointe des pieds, examiner le dormeur, et retournaient à leurs jeux.

Au bout d'une demi-heure, il se réveilla, l'air tout à fait remis.

Véronique lui apporta un bon bol de soupe fumante et lui dit:

— Reposez-vous encore. Vous êtes bien, ici, non? De toute façon, les routes seront encore bloquées cette nuit. Vous allez dormir dans notre maison et vous repartirez seulement quand tout danger sera passé.

De grosses larmes suivaient le chemin des rides sur le visage de l'homme épuisé.

— Je reconnais bien les gens d'ici, commença-t-il doucement avec un petit accent. Mon erreur a été d'avoir été trop pressé et de n'avoir pas choisi mon jour ni ma saison pour venir revoir le pays de mon enfance. Je cherchais la ferme de la source perdue.

— C'est ici, crièrent en chœur les enfants.

— Comment? s'exclama l'homme en s'adressant à Jérémie. Vous ne seriez pas le fils à Mathurin?

— Mais oui, et vous, l'oncle des Etats?

Quel Québécois n'a pas un oncle aux Etats, qu'il imagine très riche et à qui, dans les durs moments, il rêve comme à un sauveur?

Celui-ci était bien là, en chair et en os, comme tombé du ciel. Les souvenirs qu'il évoqua concernant la famille le prouvèrent sans équivoque. Quant à savoir s'il était riche, cette pensée n'effleura même pas Jérémie. Pour le moment, l'homme avait besoin d'aide, et il fut traité avec tous les égards d'un parent âgé retrouvé.

Il passa plusieurs jours à la ferme et retourna ensuite à Montréal. Mais il revint souvent, pour le plaisir de tous, car il était affable et doux. Il faisait aimablement le tour de la parenté, subissait les questions de chacun, acceptait tous leurs frais d'amabilité, mais ne livrait rien de lui-même. Il flottait constamment autour de lui un petit nuage de mystère.

Jusqu'au jour où il disparut de nouveau. Plus de trace de l'oncle des Etats.

Des mois passèrent. Puis un autre hiver isola chacun dans sa ferme.

Un jour que commençait une tempête de neige, Jérémie trouva dans la boîte aux lettres, en bordure du chemin, une lettre décorée d'un timbre américain. De quelque part dans le New-Hampshire, un homme de loi lui envoyait une copie du testament de l'oncle, décédé récemment. C'était bref:

«Je donne et lègue à mon neveu Jérémie toute ma fortune, parce qu'il est le seul de ma parenté à n'avoir pas cherché à savoir ce que je possédais et à n'avoir tenté, par aucun moyen, de m'influencer sur la teneur de mon testament.»

Etait-il riche? brûlez-vous de savoir. Allez demander cela à un cultivateur québécois qui hérite de son oncle des Etats — et vous viendrez me le dire...

Le
bosquet
piégé

Le
bosquet
piégé

L'hiver ne signifie pas seulement tempêtes, froidure et poudrerie. Il signifie aussi soleil rutilant et énergique qui fait comme éclater de joie la neige amoncelée, au point de la rendre aveuglante; l'hiver, c'est aussi la nuit bleutée avec sa lune ronde qui fixe d'un oeil froid la croûte cristalline des champs.

C'était un beau dimanche ensoleillé, ni trop doux, ni trop froid, qui donnait le goût de passer la journée dehors, à boire à grands traits l'air sec et pur. Avec un temps pareil, la visite ne tarda pas à s'amener à la ferme, comme c'était le cas presque chaque dimanche. Une camionnette chargée d'enfants, cordés sous le toit encombré de skis et de raquettes, fit son entrée dans la cour. Les parents et amis savaient depuis longtemps que Jérémie ne tolérait pas de motoneige sur la ferme, mais qu'il accueillait ceux qui voulaient profiter en paix de la campagne pour faire du vrai sport.

— Quelle belle journée pour le ski de fond et la raquette, dit Véronique en accueillant les cousins.

— Vous venez avec nous en excursion? demandèrent-ils.

— C'est une vraie bonne idée, répondit-elle.

Un quart d'heure plus tard, la caravane exubérante se mettait en marche. De la ferme, on la voyait former en s'éloignant de gais dessins sur la blancheur de la neige; une quinzaine de costumes de ski aux couleurs voyantes allaient selon des rythmes inégaux en laissant derrière des sillons peu profonds, linéaires ou arrondis, selon qu'on chaussait skis ou raquettes. Un moment, quittant le chemin de ferme pour s'engager obliquement dans les champs, ils disparurent à la vue derrière les congères retenues par les clôtures à neige, puis on revit la colonne voguer sur la blancheur intacte du sol, sauf pour l'extrémité des piquets de clôture qui la carrelait en sombre pointillé. C'était comme une mer étale, une belle neige soyeuse tombée uniformément sur une croûte durement gelée. Maintenant qu'ils s'éloignaient de plus en plus, les skieurs ressemblaient à une colonie d'insectes munis de longues pattes qui glissaient en cadence sur le sol.

Véronique et sa cousine traînaient un peu à l'arrière, et Pénélope gambadait en faisant de grands cercles autour des skieurs, quelquefois même leur barrant le chemin au risque de les faire trébucher. Les adultes s'arrêtaient parfois pour souffler un peu en s'appuyant sur leurs bâtons, mais les enfants y allaient à fond de train comme s'ils avaient été astreints à un horaire impitoyable. Tout le groupe allait ainsi joyeusement, comme porté sur les champs gonflés de neige. Le temps était si clair que la vue s'étendait au-delà du village ramassé autour de son clocher, englobait chaque côté de la rivière et jusqu'à la ligne doucement ondulée des collines formant l'horizon sud. Le ciel franc et pur, sous le soleil parfaitement dégagé détaillait un paysage net où le gris lisse des troncs et des branches des arbres plantés ici et là en touffes, semblait luire et vibrer dans la sérénité de cette saison vouée au repos.

Les enfants suivaient presque toujours le même trajet. Arrivés à l'érablière, ils disparaissaient l'un après l'autre dans l'ombre des arbres dénudés et allaient se coller le nez à la vitre de la cabane à sucre, histoire de constater de quoi elle avait l'air en hiver et d'évoquer de douces saveurs. Ils babillaient alors trop pour entendre le grognement du raton laveur qui, perché dans le trou de l'arbre sec, observait les intrus au travers de son masque et flairait leur gamelle. Sortant de l'érablière par le côté opposé, ils perdirent Pénélope de vue quelques minutes puis virent détaler le pompon blanc d'un lièvre que celle-ci poursuivait frénétiquement, mais vainement, il va sans dire. Les petits s'amusèrent de la voir revenir bredouille.

Puis la bande continua à travers champs, jusqu'au trécarré de la terre. Là, on s'arrêta pour grignoter quelques biscuits que Véronique avait apportés et attirer avec les miettes les pies curieuses et voraces. On entreprit ensuite le retour en décrivant un grand cercle vers le bosquet qui limitait un champ et qui était toujours joli, quelle que fût la saison. Pénélope qui courait devant y entra la première en reniflant chaque arbre et en faisant tomber des épinettes surchargées des avalanches de neige mousseuse.

Tout à coup on l'entendit hurler de douleur et aboyer comme pour demander de l'aide. Ce fut une course générale, c'était à qui arriverait le premier. Pauvre Pénélope! On la trouva couchée sur le côté, la patte serrée entre les dents d'un piège infernal.

Jérémie était hors de lui.

— Que je ne prenne jamais celui qui vient mettre ces saletés sur ma terre, dit-il.

Comme la neige était tombée de la veille, on ne pouvait dépister le trappeur. Heureusement pour lui.

Jérémie se pencha pour essayer d'ouvrir le piège, y réussit après maints efforts et, au grand soulagement de tous les spectateurs, libéra Pénélope qui pleurait comme un tout petit chiot devant les enfants rassemblés autour d'elle et qui la plaignaient en la caressant.

— J'espère qu'elle n'a pas la patte cassée, répétait-on.

Ramener Pénélope à la maison n'était pas une mince affaire. Elle se refusait à porter son poids sur sa patte. Alors, chacun y alla de sa suggestion: faire un brancard avec des bâtons de ski, porter Pénélope sur son dos, la traîner avec des foulards, etc. Jérémie clôt la discussion en disant:

— Que les enfants aillent chercher le traîneau léger dans le hangar près de la maison. Nous allons attacher Pénélope dessus et la tirer chacun notre tour.

Heureusement, la ferme n'était pas loin, à deux champs de distance environ. Il y eut, bien entendu, deux fois plus de monde que nécessaire pour aller chercher le fameux traîneau, et il y eut encore deux fois plus d'enfants à vouloir tirer la corde. Il fallut donc faire un choix.

Ainsi escortée, Pénélope rentra à la ferme, telle une reine malade sur son char. Heureusement, c'était l'hiver et toutes les bêtes étaient rentrées; elles ne virent donc rien de la procession. Autrement, on aurait pu entendre de vilains sarcasmes, car les animaux, comme les humains, sont jaloux les uns des autres. Jérémie lui banda solidement la patte qu'il immobilisa avec une éclisse. Pénélope eut droit à un traitement de faveur. Elle eut même le privilège de dormir dans la cuisine d'été, ce qui s'accordait bien avec ses penchants naturels. Elle fut ainsi choyée et servie pendant quelques jours puis, d'elle-même, se remit à marcher avec précaution, en boitant un peu au début, sans doute pour se faire plaindre un peu plus longtemps, puis elle se remit tout à fait bien.

Quant à l'excursion, elle s'était terminée à temps, car, en hiver, le soleil baisse rapidement et l'on devient vite transi. On peut même facilement s'égarer si l'on n'est pas sur sa propre ferme.

Maintenant étendus devant le feu, les pieds libérés et réchauffés, chacun ressentait une grande fatigue somnolente. Le souper ranima miraculeusement toute la maisonnée. Les joues écarlates et les yeux brillants, on discuta bruyamment de la mésaventure de Pénélope. Bientôt les enfants eurent du mal à garder les yeux ouverts et les cousins, la tête pleine d'images de soleil, de neige, d'animaux et de grand air, prirent congé.

Ce soir-là, un grand clair de lune était entré dans la chambre et les enfants avaient eu bien du mal à s'endormir. Cela avait-il été simplement à cause de leur inquiétude pour Pénélope ou parce qu'ils avaient songé à tous ces animaux qui n'ont que le tort de posséder un poil luxueux et qui meurent gelés, la patte coincée dans d'horribles crocs de métal?

Cette belle randonnée d'hiver avait donc eu son nuage: mais elle avait en même temps fourni la preuve qu'en ce monde il est dangereux d'arborer un trop beau pelage.

Un
petit
coeur
en sucre

Un
petit
coeur
en sucre

Si vous n'avez connu que des printemps de ville, alors vous ne savez pas ce qu'est un vrai printemps. A la ville, cela veut dire qu'il est temps de sortir tête nue dans l'air plus doux, d'aller en souliers découverts sur des trottoirs enfin libres de glace mais érodés sous des amas de sable et de poussière. C'est aussi l'apparition de bourgeons rachitiques dans les arbres maigrichons des parcs.

Mais à la ferme, bien avant la venue de ces signes du pâle printemps de la ville, on sentait qu'il était déjà chez lui, sournoisement installé, sous-jacent à la nature, gonflé de réserves de vie qu'il distribuerait bientôt partout au grand jour.

A chaque aube, Jérémie sortait de la maison pour aller faire son train et s'arrêtait à mi-chemin de l'étable, le temps de prendre un bon «respir» et de sentir la belle odeur de printemps qu'aucune narine citadine n'eût jamais pu déceler. En effet, au fur et à mesure que le vent râpait un peu plus la neige durcie sur les champs, on devinait dessous le glouglou infiltrant de l'eau qui imprégnait la jachère telle une éponge et la préparait secrètement à ses retrouvailles avec le soleil. Ici et là, quelques plaques noires la mettaient déjà à nu et une odeur de fumier encore à moitié gelé se mêlait à celle, plus douce, de la neige fondante et de la boue des chemins partiellement inondés. Tous ces signes n'étaient pourtant que le prélude à la vraie rentrée du printemps, celle de l'éclosion des bourgeons, du retour des mêmes oiseaux vers les mêmes nids et du reverdissement de la campagne dans toute l'étendue des prairies.

Un beau matin, alors qu'il déjeunait avec Véronique, Jérémie dit: «Je vais monter au bois voir si ça coule.» Et, par la fenêtre de la cuisine, on put voir le tracteur mordre le chemin glaiseux, en faisant un slalom pour éviter les trous, et disparaître ensuite parmi les arbres de l'érablière. De retour, il annonça: «Ca commence à couler. On pourra aller faire les sucres dans trois ou quatre jours.»

C'étaient trois semaines de grande activité qui s'en venaient: d'abord entailler les érables, puis, deux fois par jour, récolter l'eau et la déverser dans les grands bacs sous lesquels il fallait entretenir un vaillant feu. Bien des fois, au plus fort de la récolte, Jérémie devait passer la nuit à la cabane pour faire bouillir toute l'eau ramassée dans la journée. Evidemment, la parenté tout entière s'amenait pour aider, heureuse surtout de profiter du temps joyeux des sucres.

Mais le dimanche était vraiment le jour de la visite. Deux ou trois tablées de convives se succédaient sur les grands bancs, de chaque côté de la longue table, pour engloutir jambon, oeufs dans le sirop, fèves au lard, bacon et, pour dessert, du bon sirop. Le gros poêle à bois ronronnait, rougissant le visage des cuisinières affairées devant les grandes marmites. Sitôt sortis de table, les enfants retournaient courir dans les bois, gambadaient derrière le tracteur qui faisait la tournée des chaudières, et revenaient toujours à la petite cabane où le sirop bouillait dans un épais nuage de vapeur, et où deux rangées de jeunes se relayaient dans l'espoir de lécher la palette une fois de plus.

Lorsque le liquide bouillant devenait trop épais pour remplir les cruches de sirop, et qu'il fallait presque en gratter le fond, Jérémie en puisait quelques bocaux de tire pendant que Véronique sortait du coffre en bois les moules destinés à durcir le sucre d'érable. Elle ramenait précieusement sa petite réserve de sucre à la maison, un luxe qu'elle réservait à leur propre usage, en pensant au beau sucre à la crème que les enfants croqueraient au temps des fêtes.

Tout le monde redescendait fourbu à la fin de l'après-midi: les gens de la ville étourdis de grand air, et Jérémie — sauf quand il devait y passer la nuit — pressé d'aller faire son train et de souper ensuite en paix.

Pendant la semaine, c'était Véronique qui allait au village livrer à leurs pratiques les cruches de beau sirop doré, lumineusement transparent. Evidemment, au dire des paysans, l'année n'était jamais bonne et le prix, par conséquent, toujours un peu plus élevé. Mais personne ne refusait, sachant bien que le sirop de la source perdue était pur et propre.

Un dimanche, dans le plus gros des sucres, comme il faisait un beau temps rare, il vint plus de monde que d'habitude à la cabane. Un vrai record. Véronique, regardant un nouveau groupe débarquer de la «wagin» tirée par le tracteur, murmura pour elle-même: «Ah non! pas la grande Clothilde!»

Par une drôle de coïncidence, on a ainsi dans chaque famille des gens qui se souviennent des cousins de la campagne surtout au temps des sucres, des fraises ou du blé d'Inde.

La grande Clothilde, comme on l'appelait dans la parenté, avait épousé un cousin de Jérémie, mais, auparavant, elle avait tenté par tous les moyens de se faire courtiser par ce dernier. Par la suite, dépitée, elle avait adopté une attitude de dédain envers Véronique et ne manquait pas une occasion de lui lancer des petites remarques désobligeantes qu'elle croyait bien spirituelles. Véronique n'en faisait aucun cas, Jérémie non plus, d'ailleurs.

Cependant, ce dimanche-là, à la cabane, il n'y avait pas que la vertu de «la belle érable» dans le poêle à bois pour réchauffer la compagnie. Plus il y a de monde, plus il y a de bière, et aussi de «fort», c'est bien connu. Aussi, après un certain temps, la grande Clothilde, un peu éméchée, se mit-elle à poursuivre Jérémie, d'abord autour de la cabane, puis dehors, autour des érables, à l'affubler de petits noms doux idiots et à s'entêter à vouloir qu'il danse avec elle. Jérémie, qui d'habitude ne voulait jamais danser, eut ce jour-là la jambe légère et y alla de son petit rigodon, ce qui amusa fort tout le monde.

Sauf Véronique. Après quelque temps, elle en eut assez des «folleries» de la grande Clothilde et redescendit brusquement à la maison sous prétexte de préparer le souper. Pourtant, ce soir-là, Jérémie ne mangea pas grand-chose, et pour cause. La sagesse voulait qu'il aille se coucher au plus vite. Il était même un peu trop gris pour se rendre compte à quel point Véronique était vexée.

Il le réalisa nettement devant l'attitude de sa femme, le lendemain matin. Les souvenirs de la veille lui revinrent à la mémoire mais il n'en laissa rien paraître. Véronique ne disait mot et avait sur le front le pli qu'il lui connaissait bien quand elle était contrariée. Après avoir pris un bon déjeuner, Jérémie ramassa ses provisions et annonça: «Je monte au bois».

— Ne compte pas sur moi aujourd'hui, dit-elle, j'ai mal à la tête.

Le lundi traîna péniblement, un vrai lundi de lendemain de dimanche.

Là-haut, Jérémie avait-il, lui aussi, mal à la tête? Peut-être bien.

Il redescendit de l'érablière à l'heure habituelle, fit son train, soupa calmement et bourra sa pipe devant le poste de télévision.

Véronique gardait toujours le même silence buté. Jérémie ne parlait pas plus que de coutume, ayant, en vrai paysan, la parole parcimonieuse.

Comme les enfants étaient allés jouer dehors, il se leva pour fouiller dans la poche de son coupe-vent et tendit à Véronique un paquet gauchement ficelé et tout froissé.

— Ma femme, aujourd'hui, je t'ai fait un coeur en sucre, dit-il simplement en la regardant dans les yeux, d'un certain regard que Véronique connaissait bien et qui faisait toujours fondre sa colère plus vite que le plus dur sucre du pays dans la casserole.

Il restait là, planté devant sa moitié, comme un bel érable, au coeur apparemment dur, mais combien franc et généreux.

Si vous le pouvez, montrez-moi une citadine qui a, un jour, reçu de cette façon le coeur en sucre de son mari......

Pure-Laine
et la
destinée

Pure-Laine
et la
destinée

Ce matin-là, les enfants déjeunaient sans hâte et même avec gourmandise, car c'était samedi. Il y avait bien ici et là sur la nappe quelques petites fleurs de confiture et des perles de lait au chocolat échappées en enfilade, entre la tasse et le pot au lait, mais Véronique avait trop à faire pour s'en inquiéter. De toute façon, pourquoi se seraient-ils pressés? Les samedis de février sont lents à passer quand le temps pour jouer dehors est tout autant écourté que le jour.

Brusquement, la porte de la cuisine s'ouvrit et Jérémie entra, avec sur les bras un petit paquet de flanelle blanche.

— Venez voir, les enfants, dit-il. Sauteuse a eu son agneau mais elle est malheureusement morte peu après. Il va falloir s'occuper de l'orphelin car il est beaucoup plus petit et frêle que la normale. Allez chercher une boîte et on va le mettre au chaud.

La boîte fut vite trouvée, vous pensez bien, et Jérémie y déposa avec précaution le plus joli petit agneau qu'il était possible d'admirer. Il était encore tout abasourdi de son entrée dans le monde et se laissa coucher docilement. Les enfants, agenouillés autour de la boîte ne cessaient de s'extasier en caressant la toison épaisse et touffue découpée sur la tête en une capeline qui encadrait son museau étroit et lisse. Cette petite tête triangulaire était décorée de chaque côté d'une oreille minuscule, comiquement écartée telle un mini-radar déjà attentif au monde. Tout son corps était enveloppé de petits boudins serrés de laine soyeuse et blanche, de même que ses pattes bien droites, qu'un minuscule sabot noir terminait.

— Qu'il est beau et doux! Quelle belle laine! criaient les enfants qui ne cessaient de le cajoler.

— Ne le flattez pas trop. Laissez-le dormir, il vient juste de naître. Il va falloir aussi le nourrir au biberon puisque sa mère est morte.

— C'est moi qui le ferai boire!

— Non, c'est moi!

— Non, moi!

— Un instant, les enfants. Vous lui donnerez le biberon chacun votre tour.

Pendant toute la journée, délaissant ses jeux, la marmaille, revenait sans cesse admirer l'agneau naissant et caresser ses boucles blanches.

— Quelle belle petite laine, dit Véronique.

— C'est cela, dit l'un d'eux, on va l'appeler Pure-Laine.

Le premier bêê étranglé qu'il fit entendre fit bien rire toute la maisonnée et pâmer de tendresse les enfants. Tel un nourrisson, il devait vite apprendre qu'un pleur lancé au moment opportun était le plus sûr moyen de monopoliser l'attention de l'entourage.

Donc, Pure-Laine n'avait pas trop à se plaindre de son sort d'orphelin. Bien au chaud, gavé et déjà chéri, il avait l'air parfaitement heureux, tout entortillé dans sa couverture au milieu de sa boîte qu'on avait placée à l'abri dans la cuisine.

Ce soir-là, avant d'aller au lit, chacun des enfants vint dire bonsoir à Pure-Laine et s'assurer que son confort était complet. Puis le grand calme de la campagne gagna la maison endormie.

La chambre des parents était tout à fait en avant de la maison, donc, loin de la cuisine, tandis que celle du benjamin était située juste au-dessus, en haut de l'escalier de service.

Le lendemain matin, qui était dimanche, Véronique s'apprêtait à descendre à la cuisine par cet escalier et jeta, en passant, un rapide coup d'oeil à son fils qui dormait encore comme un ange. Mais dès qu'elle mit le pied sur la première marche, elle s'arrêta net en entendant un petit bêê étouffé qui semblait venir de sous la courtepointe plutôt que de la cuisine. Se retournant, elle vit les yeux du garçon papilloter dans un grand effort pour rester fermés. Alors elle tira prestement le coin de la courtepointe et aperçut Pure-Laine innocemment blotti dans les draps blancs.

Je renonce à vous décrire la fureur de Véronique.

Pour toute excuse, le bambin sanglotait en disant: «Il pleurait tout seul en bas, alors je suis allé le chercher.»

— Mais ça ne se fait pas! Un agneau dans un lit!

Les deux autres enfants, accourus en hâte, riaient à se tordre. Mais non pas leur mère qui fut obligée de commencer ce jour de repos par la lessive des draps!

Quand le deuxième soir arriva, les enfants montèrent se coucher, bien munis des recommandations de leur père:

— L'agneau, dans la boîte!

Mais cette recommandation s'adressait aux enfants, pas au mouton. C'est ce que Jérémie constata avec stupeur le lendemain.

Les agneaux nés en santé et bien soignés pendant les premières heures de leur vie, deviennent vite vigoureux. Au bout de quelques heures, ils sont assez forts pour sauter espièglement comme des petits fous, levant les deux pattes d'avant, puis les deux d'arrière. Cette nuit-là, Pure-Laine décida que la boîte était trop exiguë pour sa joie de vivre et joua à saute-mouton avec elle.

Il fallait voir le plancher de la cuisine le lendemain matin. C'était pis que le plus sale plancher de la plus sale bergerie.

— A la grange avec les autres! dit Jérémie. Vous irez le voir là-bas et vous lui donnerez son biberon là seulement!

Ainsi finirent les passe-droits et la chaleur de la cuisine pour le mouton.

Pauvre Pure-Laine! Il allait maintenant connaître l'envers rugueux de la vie. Comme il était tout mignon, il parvenait à se glisser sous les planches qui séparaient les stalles des moutons et fit ainsi le tour de la bergerie mais pas une agnelle ne voulut de lui. Il reçut même de vilains coups de tête qui l'envoyèrent rouler dans le foin. Alors il finit par se trouver une petite place dans une stalle où étaient gardés les orphelins de son espèce et il bêla en choeur avec eux toute la journée. Heureusement, les enfants ne l'oubliaient pas et venaient le consoler au retour de l'école. Après avoir bu son biberon en frétillant de la queue, il sautait de plus en plus haut chaque jour, envoyant loin en l'air ses petites pattes de derrière, comme pour faire rire le plus possible ses amis.

Quelquefois, l'un des enfants se cachait dans un coin et l'appelait ensuite par son nom aussi longtemps que Pure-Laine ne l'avait pas trouvé. L'agneau-prodige devint vite très habile au jeu de cache-cache.

D'autres fois, l'un d'eux s'accroupissait dans le foin et se couvrait le visage de ses mains en feignant de pleurer à tue-tête. L'agneau s'approchait alors et essayait de lui rabaisser le bras avec sa patte. Inutile de dire qu'à chaque fois il était magnifiquement cajolé en récompense de ses finesses.

Même si sa taille augmentait à vue d'oeil, il était toujours aussi attaché aux enfants et les suivait comme un petit chien, quand il en avait la chance. L'hiver passa ainsi assez vite.

Vint le doux printemps avec ses tentations d'herbe tendre, avec ses fleurs timides qui tenaient des petits caucus au ras de terre, avec son vent parfumé qui flattait les toisons, et avec ses gros nuages blancs qui roulaient joyeusement dans le ciel bleu. Pure-Laine voyait tout cela pour la première fois de sa vie et il ne s'en rassasiait pas.

Dans la cour, le dindon avançait d'une patte prudente en se rengorgeant comme si le printemps eût été arrivé pour lui seul. Non loin de lui, un pigeon vert et bleu picorait avec application les rares grains de blé tombés dans le gravier.

Pénélope, elle, levait une babine dédaigneuse devant le troupeau des brebis et des agneaux qui sortait de la grange en bêlant et en se bousculant, pour aller s'installer dans le champ d'en face.

Les jours suivants, du matin jusqu'au soir, Pure-Laine ne cessa de gambader, de folâtrer, d'un bout du pré à l'autre. Il dégustait chaque brin d'herbe qu'il arrachait, se faisait chatouiller le museau par les foins hauts, penchait pensivement son front étroit d'ovin sur les corolles brillantes. Maintenant qu'il était entré dans l'adolescence et qu'il apprenait à s'approvisionner dans le grand garde-manger de la nature, il n'était pas délaissé pour autant. A chaque beau jour, ses amis venaient le voir et jouer avec lui. Au premier son de leur voix, il accourait vers la clôture et commençaient alors entre eux des galopades endiablées.

Mais il faut bien admettre que les enfants sont parfois étourdis, surtout quand ils ont beaucoup de plaisir. Aussi, un jour, oublièrent-ils de fermer la barrière derrière eux. Après leur départ, Pure-Laine resta un moment perplexe, déjà conditionné par sa vie de captivité. Puis il se mit à paître tranquillement, tout en avançant droit devant lui. Ses sabots le conduisirent devant le perron où il s'appliqua à tondre le gazon, ce qui n'était pas une si mauvaise idée. Mais soudain, il s'arrêta net, ébloui par le rouge ardent des tulipes fraîchement levées. L'extase ne dura qu'une minute. Tenté par l'odeur épicée exhalée par les fleurs, il risqua une mordée puis, goulûment, dévora toute la plate-bande.

Par malheur, Véronique sortait justement de la maison et l'aperçut en flagrant délit de vandalisme. Foi d'agneau, il n'aurait jamais cru pouvoir courir aussi vite. En quelques secondes, son instinct lui avait fait réintégrer son pré. Heureusement, les autres moutons paissaient à l'autre bout du champ et ne s'étaient pas aperçus du départ de Pure-Laine. Mais rien n'échappait à Clarinette, la chèvre commère. A son tour, elle se dandina de l'autre côté de la clôture, en ballottant ses longues oreilles en signe de défi. Clarinette flaira le vent de la liberté puis, de son même pas nonchalant, alla droit à la corde à linge où elle bouffa deux belles chemises.

La journée avait été plus que mauvaise. Les enfants furent sévèrement punis et restèrent par la suite très inquiets du sort réservé à Pure-Laine. Ils étaient aussi sages que possible et se montraient exagérément serviables, car ils savaient bien que Pâques approchait et que l'agneau frais est alors bien en demande. En effet, de temps en temps, le camion d'un commerçant chargeait à son bord une vingtaine d'agneaux et quittait la ferme avec sa cargaison, et, chaque fois, Pure-Laine était miraculeusement épargné. Mais pour combien de temps encore?

L'angoisse étreignait le coeur des trois petits.

Mais une si belle amitié ne pouvait se terminer aussi tragiquement. Un dimanche après-midi, une belle limousine s'arrêta devant le perron et un monsieur en descendit.

— J'ai vu sur le chemin votre annonce: agneaux à vendre, dit-il, et je suis venu voir si vous n'auriez pas un mouton que je pourrais amener chez moi. J'ai un grand domaine tout en pelouse. Je le laisserais paître en paix. En outre, les enfants seraient très heureux, car il y a longtemps que je leur promets un petit mouton.

— Je crois que j'ai ce qu'il vous faut, dit Jérémie. J'ai un bel agneau doux, apprivoisé même. Venez avec moi.

Les enfants avaient le coeur gros, c'est entendu. Mais quand ils virent Pure-Laine quitter la ferme, comme un seigneur dans sa limousine, ils se dirent qu'il mènerait là-bas une belle existence, conforme à ses goûts, et qu'il aurait aussi des enfants pour l'aimer, et ils furent alors beaucoup moins tristes.

Pour cette raison, il n'était pas bien grave, dans son cas, de faillir à sa vocation, presque religieuse, d'agneau pascal, puisqu'il avait été destiné, dès sa naissance, à faire la joie des petits enfants.

La mouffette mélancolique

La mouffette mélancolique

Mouffe était la mouffette la plus jolie et la plus racée qu'on eût pu trouver dans la campagne cet été-là.

«Une jolie mouffette»? me demandez-vous, le nez dédaigneux. Assurément. Il suffit de détailler sans préjugé une mouffette, pour reconnaître qu'elle est non seulement une jolie bête mais aussi l'une des plus sympathiques et des plus amusantes qui soient. Elle n'y peut rien si le moyen de défense original dont l'a pourvue la nature la fait redouter et fuir à des mètres à la ronde.

Mouffe, donc voici l'histoire, était beaucoup plus intelligente que la moyenne. C'était une mouffette exceptionnelle et, à cause de cela, elle ressentait vivement l'injustice dont souffrait sa race. Aussi peu à peu, elle versa dans une mélancolie de plus en plus morbide qui en vint à causer sa perte. Elle n'était d'ailleurs pas le premier être supérieurement intelligent à abdiquer devant l'absurdité de certaines situations, inacceptables pour un esprit extra-lucide. Ce phénomène avait été observé à toutes les époques.

Mouffe était pourtant issue d'un milieu familial excellent: ses onze frères et soeurs étaient tous doués et gentils, et ses parents on ne peut plus exemplaires. Dans le terrier recouvert de feuilles mortes et d'herbes séchées, son enfance se déroula dans la sécurité, l'amour et la paix totale. Elle n'avait donc pas d'antécédent familial fâcheux qui eût pu la prédisposer à la tristesse.

Ce fut un bien beau spectacle le jour où père et mère décidèrent de présenter la nature à leur progéniture. Elles sortirent de leur trou, à la brunante, et marchèrent en colonne, le long d'un sentier, les parents d'abord, puis douze petites mouffettes adorables, toutes pareilles: chacune avait une minuscule tête triangulaire enveloppée d'une fourrure noire et floconneuse qu'une mince raie blanche, s'étirant de la pointe des sourcils au bout du museau, éclairait. Elles avaient de beaux yeux noirs et brillants où ne se révélait aucune terreur ni agressivité. Une raie blanche très large barrait leurs flancs. Elles se balançaient en marchant tout comme l'ours qui se dandine sur ses grosses pattes. Mais, surtout, elles arboraient chacune une superbe queue relevée, tel un panache presque aussi large que long, terminé par un plumet d'un blanc neige, tout fourni de poils longs et soyeux.

C'était vraiment un spectacle unique. Sous les derniers rayons du jour, défilaient gravement en procession douze étendards noirs et blancs que frôlaient au passage les herbes hautes.

Maintenant que les petites mouffettes avaient atteint l'âge de quitter le terrier, elles sortaient chaque soir au crépuscule, accompagnées de leurs parents, pour la récréation. Elles formaient alors un cercle, pointant en avant leur museau. Puis elles avançaient par bonds secs jusqu'à ce qu'elles en viennent à rejoindre leur museau. Ce jeu curieux était repris plusieurs fois, jusqu'à ce qu'arrive l'heure de la leçon de chasse.

Alors la famille se reformait en file et gagnait les champs. La dégustation de sauterelles, grillons, hannetons, musaraignes et doryphores commençait sous la supervision des parents attentifs. Les jeunes mouffettes voraces apprirent à s'attaquer aux parasites de la tomate et du tabac, qu'elles affectionnèrent particulièrement. Un autre jour, elles eurent des chenilles au menu et s'en rassasièrent avec délice. Puis, un soir, les parents dénichèrent un nid d'abeilles et démontrèrent aux enfants comment capturer les bestioles en

78

donnant de lourds coups de pattes sur le nid. Elles se régalèrent toutes sans danger, sachant d'instinct que le venin des abeilles n'avait aucun effet nocif sur leur organisme.

Jour après jour, la vie s'écoulait donc prospère et heureuse. Les petites mouffettes avaient le regard calme des philosophes, et des manières non moins sereines. Elles atteignirent en quelques semaines leur taille adulte qui est celle de la grosseur d'un chat domestique. Les parents avaient accompli la plus importante partie de leur mission, aussi donnèrent-ils à chacune la permission de chasser solitairement. Elles se dispersèrent alors dans toutes les directions, à partir du terrier de leur enfance qui était enfoui très loin derrière l'érablière.

Tout en gobant ici et là quelques succulents insectes, Mouffe se mit à folâtrer doucement dans les champs, contenant sagement la griserie que lui inspirait sa liberté toute nouvelle. Sans s'en douter, elle se rapprochait de la ferme et le spectacle qu'elle eut tout à coup devant les yeux la paralysa d'étonnement. Jamais elle n'avait vu d'autres animaux que des mouffettes et il y avait là des moutons, des vaches, des chats et un chien. (Elle apprit leur nom plus tard au cours de ses visites répétées.) Il y avait aussi des enfants qui s'amusaient gaiement, tout comme elle faisait naguère avec ses frères et soeurs. Mouffe était trop prudente pour se laisser voir. Bien dissimulée, elle observa assez longtemps ces êtres étranges et reprit avec précaution le chemin de son terrier. Chaque jour qui suivit, sa curiosité devint impérative et l'attira tout droit vers la ferme où elle observait la ménagerie pendant des heures. Elle fut davantage surprise en constatant que les enfants parlaient aux bêtes et même jouaient avec elles.

Alors, rêveuse, elle se prit à les envier et à désirer être de la partie elle aussi, mais elle était encore bien trop timide pour s'y risquer. Un jour pourtant, n'y tenant plus, elle s'avança dans la cour, droit vers les enfants, en balançant sa belle queue avec fierté. Les trois petits arrêtèrent net leur jeu et retinrent Pénélope de toutes leurs forces en criant: «Une mouffette! une mouffette!» Mouffe comprit le danger et déguerpit. C'est à dater de ce jour qu'elle commença à être mélancolique, comme si elle avait reçu un choc. Elle se promenait à travers les champs, l'âme remplie d'une tristesse vague, en se demandant pourquoi sa seule vue apeurait les gens à ce point.

Par bonheur, un matin, au hasard des prairies, elle rencontra sa mère, madame Mouffette. Après s'être frôlées et avoir échangé entre elles des nouvelles de leur vie réciproque, Mouffe lui exposa son gros problème.

— Ma fille, lui dit sa mère, nous sommes des animaux sauvages. N'essaie pas de te mêler à ceux de la ferme.

— Mais pourquoi donc, mère? Je pourrais jouer aussi bien, et même beaucoup mieux avec les enfants que Cornélia, Pure-Laine, Rose-Grise et Pénélope. Et même, j'ai appris que nous avons un rôle utile dans la nature. L'autre jour, j'ai entendu le fermier se plaindre que les insectes dévoraient ses récoltes. Eh bien, nous l'aidons à l'en débarrasser en nous nourrissant de toutes ces bestioles. Il me semble qu'il pourrait se montrer plus reconnaissant et plus aimable pour cela. Pourquoi les humains nous fuient-ils comme la peste?

— Tu as dit juste, Mouffe, en prononçant le mot peste. C'est à cause de notre senteur qu'ils nous fuient.

— Je n'y trouve rien de particulier.

— Nous, non. Nous avons cette odeur dans le nez depuis notre naissance. Mais eux ne la supportent pas.

Ce n'étaient pas là des propos propices à rendre Mouffe plus gaie. Le sentiment d'être rejetée de la société des hommes et des bêtes la hantait. Il s'accentua encore par le récit qu'une de ses soeurs lui fit de son aventure: par mégarde, en voulant goûter à des déchets, elle était tombée dans la poubelle de la ferme. Véronique, l'apercevant, avait lancé un cri perçant. Toute la famille était alors accourue et s'était tenue à l'écart pendant que Jérémie renversait la poubelle par terre au moyen d'une grande perche comme s'il avait eu peur d'y toucher. La soeur de Mouffe, confuse, en sortit au plus vite et trotta vers le champ sans se retourner.

— Quelle honte! dit Mouffe. Ils n'ont aucune courtoisie pour nous. Nous ne demandons pourtant qu'à être amicales.

Ce sentiment de rejet s'accentuait et la rendait triste au point qu'elle négligeait de se sustenter. Ses graves pensées l'empêchaient de voir tous les insectes appétissants qui bondissaient de terre sous ses pas. Son état devenait chaque jour plus dépressif.

Un soir qu'elle suivait le sentier, complètement abattue, elle aperçut Pénélope qui lui barrait la route. Alors, elle arrêta sa marche placide et baissa la tête pour mieux l'observer de ses beaux yeux noirs. Pénélope aboyait et grognait aussi stupidement que si elle eût rencontré un lion enragé. Pour lui demander de libérer le chemin, Mouffe arqua l'échine d'un air grave et se mit à marteler le sol avec ses pattes de devant. Cette tactique avait réussi la semaine précédente à faire fuir une marmotte, mais Pénélope s'entêtait et grondait de plus belle. Mouffe, patiemment, secouait la tête de droite à gauche comme pour le supplier. Loin de se montrer raisonnable, la chienne semblait devenir encore plus féroce. Elle se préparait à bondir sur Mouffe, tous crocs sortis. Alors la nature de la mouffette fit le nécessaire sans qu'elle eût à décider d'une stratégie: spontanément, elle releva sa queue et la rabattit au-dessus de son échine, redressa son plumet et un mince jet de liquide phosphorescent jaillit dans un rayon de cinq mètres, saturant l'air, imprégnant terre et plantes, aveuglant et brûlant douloureusement Pénélope.

Mouffe elle-même en resta consternée. Elle venait de comprendre quel terrible moyen de défense elle possédait et, du coup, pourquoi elle serait toujours fuie des hommes. Elle avait aussi saisi une chose: les mouffettes sont les bêtes les plus sociables qui soient, mais il ne faut pas les pousser à bout, autrement elles se défendent avec les moyens dont la nature les a pourvues. Même les humains ne deviennent-ils pas exaspérés quand on les attaque?

Douée d'une intelligence aussi vive, Mouffe aurait tant voulu s'approcher d'eux pour les observer et aussi avoir des échanges avec eux. Elle n'avait pas le choix: il ne lui restait plus qu'à se contenter de mener une vie platement animale, loin de tout voisinage intéressant.

C'était trop demander à une mouffette de cette envergure. Fut-ce accidentel? Peu de temps après, on retrouva son corps qui flottait dans la rivière, non loin du village.

Qui
est
le
cochon?

Qui
est
le
cochon?

Chaque patelin a son original. La source perdue avait son Roméo, un genre d'ermite qui vivait dans une cabane, sur un lopin de terre situé au fin bout du rang, là où commencent les terres en bois debout. Rarement descendait-il au village et plus rarement encore adressait-il la parole à quelqu'un. Personne ne savait d'où il venait et pour quel motif il avait échoué là. Au début, les cultivateurs des environs s'étaient un peu méfiés de son allure rébarbative, mais quand ils constatèrent quelle existence paisible il menait, ils ne firent plus attention à lui.

Parfois l'été, en allant à la cueillette des petits fruits, les gamins risquaient furtivement un oeil par l'un des carreaux de la cabane après s'être assurés que le bonhomme était absent. Ils rapportaient à leurs parents qu'il y avait peu de meubles mais, chose étrange, on y voyait des livres éparpillés dans tous les coins. Dans ce monde étrange où nous vivons, on s'accoutume de plus en plus à n'être surpris de rien. Qui pouvait affirmer que Roméo n'était pas un ancien professeur d'université? Personne n'en était sûr.

Ce qui était certain, c'était que Roméo avait pour seuls et uniques compagnons: un grand chien nonchalant au poil long broussailleux (comme son maître), quelques poules «cacasseuses» et un cochon nommé Adélard qu'il soignait avec tendresse en lui faisant la conversation. Evidemment Adélard ne savait lui répondre que par des grognements, mais sa mine superbe et sa célérité à exécuter les commandements de son maître faisaient conclure qu'il appréciait les propos de ce dernier et que tous deux menaient une existence amicale.

Roméo, qui était un homme très instruit et qui, dans sa solitude, se délectait encore de savantes considérations puisées dans ses gros bouquins, n'avait que ce pauvre Adélard de cochon à qui faire part de ses déductions. Il en était même rendu à lui débiter de longs exposés et des théorèmes si compliqués que, s'ils avaient été communiqués à un interlocuteur autre qu'un cochon, ils auraient peut-être bien changé la face du monde. En pire ou en mieux? Je ne saurais dire.

Heureux de pouvoir ainsi extérioriser l'élaboration de ses pensées profondes et de se libérer des thèses complexes qui germaient en lui et l'étouffaient d'enthousiasme, Roméo en vint à passer plus de temps dans la cabane d'Adélard que dans la sienne propre.

Mais un cochon, si bon auditeur soit-il, n'est pas immortel et il n'échappe pas à son ultime destinée qui est celle d'être mangé par l'homme. D'ailleurs, c'était bien pour cela qu'au début on l'engraissait. L'embêtant était que, pour arriver à le manger, il fallait bien un jour se décider à le saigner.

Voilà ce qui blessait Roméo. Chaque fois que cette pensée traversait son cerveau cultivé, il prenait, pour se donner du courage, un bon coup de «p'tit blanc». Et quand, en titubant, il apportait sa pâtée à Adélard, celui-ci faisait le dégoûté et détournait dédaigneusement la tête en disant:

— C'est pas moi le cochon!

De surprise, chaque fois, Roméo répandait sur lui et partout autour la si bonne moulée. Les jours où il était sobre, il n'entendait rien sortir du groin du porc qui mangeait de bon coeur. Mais à chaque fois qu'il empestait le whisky, Adélard lui répétait clairement cette vérité:

— C'est pas moi le cochon!

Roméo n'osait en parler à quiconque, soupçonnant que personne ne le croirait et même, qu'on le cataloguerait comme fou. Alors, pour oublier les observations étonnantes du cochon, Roméo reprenait du «p'tit blanc» et ensuite, comme il était deux fois plus saoûl, le cochon répétait deux fois sa désobligeante remarque. C'était un cercle vicieux: plus Roméo buvait, plus le cochon parlait, et plus le cochon parlait, plus Roméo buvait.

Alors, il se produisit un phénomène qui est moins rare qu'on ne le croit: Roméo quitta peu à peu les sphères de l'ésotérisme dans lesquelles il planait naguère pour stagner, un peu plus chaque jour, dans celles, plus nébuleuses, de l'alcoolisme. Sa seule préoccupation était désormais de creuser le cas d'Adélard. Aussi, plusieurs fois par jour, s'asseyait-il à côté de son cochon, cherchant à aiguiller la conversation sur différents sujets, mais toujours le cochon s'en tenait aux seules prémisses de son exposé: «C'est pas moi le cochon,» sans continuer à développer son syllogisme.

Roméo en vint à négliger ses poules et son chien, à oublier lui-même de manger. Il se mit à courir de plus en plus souvent après les jeunes du voisinage pour les envoyer au village renouveler sa provision de whisky.

Un jour qu'il était ivre au point d'avoir de la difficulté à se tenir debout, il alla trouver Adélard et lui dit:

— Aujourd'hui, je veux en avoir le coeur net, vieux goinfre. Qu'as-tu à dire pour t'expliquer?

Le cochon ne fit que regrogner sa litanie:

— C'est pas moi le cochon! c'est pas moi le cochon!

Alors passa un soupçon nouveau dans l'intellect exercé à la déduction de Roméo, qui lui fit dire à Adélard:

— Scélérat, je vais te régler ton cas. Si c'est pas toi le cochon, veux-tu insinuer que c'est moi alors?

Malheureusement, toute la philosophie d'Adélard se résumait dans une seule proposition. Il ne sut que la répéter une fois de plus, pour sa plus grande perte.

Il n'avait pas fini de dire cochon que Roméo avait saisi une barre de métal et en frappait son ami à coups répétés jusqu'à ce que l'animal roulât avec fracas par terre dans ses trois cents livres de graisse.

Alors, hébété, Roméo vida d'un trait le flacon qu'il gardait toujours dans la poche arrière de son pantalon et roula à son tour, ivre-mort, dans la fange.

Le lendemain, les gamins qui maintenant rendaient souvent visite au solitaire le cherchèrent vainement dans la maison et pensèrent avec raison le trouver dans la cabane du cochon, comme à l'accoutumée.

Incapables de le réveiller, ils coururent chercher du secours.

Fin très triste pour Adélard qu'on ne put manger puisqu'il n'avait pas été saigné dès son dernier soupir et qu'il faisait grande chaleur ces jours-là.

Quand à Roméo, ce fut plus triste encore, et pour longtemps ensuite. Amené de force vers une maison de santé pour être désintoxiqué et reconditionné à une vie normale, il réagit à peine au traitement. Dès qu'on le questionnait pour essayer d'extirper de son subconscient ses complexes annihilants, il ne faisait que répondre:

— «C'est pas moi le cochon! c'est pas moi le cochon!»

C'est ce qui arrive quand les cochons se mettent à parler: les plus beaux esprits en deviennent gagas.

Goulu
ou
La soif
de
connaître

Goulu
ou
La soif
de
connaître

Goulu était le fils de Cornélia. Affligé d'une pareille hérédité, inutile de se surprendre s'il lui prit, dès sa tendre enfance, des idées fantaisistes.

Pourtant, ce ne fut pas tellement l'influence de sa mère qui l'inspira car, aussitôt sevré, il quitta la ferme pour aller demeurer chez Démerise qui l'avait acheté.

Il était un beau veau: tout blanc avec de petites cartes géographiques noires sur le dos. Comme son nom le laisse supposer, il était venu au monde avec un appétit démesuré et par conséquent fut très exigeant envers sa mère: celle-ci fut plutôt soulagée de le voir partir, se disant qu'elle pourrait désormais vivre un peu pour elle-même.

Démerise, devenue veuve, avait vendu sa terre, tout en se réservant la maison et un enclos l'entourant. C'était une petite vieille si maigre et si fragile qu'on craignait en la regardant que le premier coup de vent ne la renversât à terre. Mais attention! elle était aussi solide que le plus terrible ouragan et surtout était douée d'une langue non moins résistante. Elle se taisait seulement quand elle tirait aux cartes car c'était pour elle un rituel très sérieux. Son habileté à dire la bonne aventure lui amenèrent l'une après l'autre toutes les femmes du rang qui, sous prétexte d'emprunter une tasse de sucre ou un bout d'élastique, la suppliaient de leur dévoiler l'avenir.

Le goût pour les sciences occultes peut devenir une passion, sans parler du prestige dont viennent à jouir celles qui pénètrent dans les secrets de l'au-delà et dans ceux, non moins emballants, qui touchent la vie privée, passée, présente ou future des clientes. Dans le métier de cartomancienne, ce n'est pas là un côté à dédaigner. Démerise se rendit vite compte que, pour se faire dire leur avenir, les femmes, sans s'en douter et seulement aiguillées par quelques petites questions habilement suggestives et apparemment inoffensives, lui confiaient leurs tracas et leurs problèmes d'amour. Ainsi, elle fut bientôt au courant des secrets de tous les coeurs de la source perdue. Pour une veuve, c'était bien plus passionnant que l'eussent été des journées passées à lire des romans ne parlant que d'intrigues et de personnes imaginaires.

Dans ses moments libres, Démerise lisait malgré tout les journaux et regardait la télévision. Elle en vint à entendre parler d'astrologie et d'horoscopes et elle se dit: pourquoi pas moi? La mode n'était-elle pas de ne rien entreprendre sans tenir compte de son signe et de la position des astres? Alors, à son premier voyage à la ville, elle se procura des livres sur l'astrologie, les étudia sérieusement et bientôt annonça à ses amies qu'elle était désormais en mesure de leur tracer leur carte du ciel et d'étudier avec elles l'influence des astres sur leur vie.

Inutile de dire qu'elle eut du succès. Chaque après-midi et chaque soir, une dame s'amenait et, devant une tasse de thé, frémissait de plaisir ou d'appréhension en regardant Démerise pointer sur un thème astrologique, avec une maîtrise quasi diabolique, les planètes qui s'entrecroisent et mènent notre vie à leur gré. L'oracle qui en découlait était reçu avec une croyance à toute épreuve.

Dehors, pendant ce temps, tout ce qui intéressait Goulu était de manger. Il avait l'obsession de la nourriture depuis l'instant de sa naissance, sans doute influencé par quelque planète inconnue. Dès qu'il entendait la vaisselle s'entrechoquer dans la maison, il poussait la barrière vermoulue de son enclos et s'approchait de la fenêtre de la cuisine pour humer les tentantes odeurs de cuisson. La première fois qu'elle le vit, Démerise fut si surprise qu'elle lui administra un bon coup de bâton sur le derrière et le reconduisit à l'enclos. Mais comme il en ressortait chaque jour et que, par contre, il ne faisait aucun dégât et n'allait jamais jusqu'à la route, elle finit par le laisser faire. Ainsi Goulu devint le veau apprivoisé de Démerise, qu'il suivait comme un petit chien dès qu'elle mettait le nez dehors.

Lorsque les fermières venaient faire tirer leur horoscope, elles étaient si absorbées qu'elles ne remarquaient jamais Goulu qui, le museau appuyé sur l'allège de la fenêtre, et les yeux fixés sur la carte du ciel, apprenait voracement, par-dessus l'épaule de Démerise, la position et les manigances des corps célestes. De jour en jour, il s'instruisit et devint par conséquent très compétent, aussi compétent que Démerise, en matière d'astrologie. Quelquefois, en écoutant la visiteuse énumérer ses antécédents, il lui venait tout de suite à l'esprit les grandes lignes de sa destinée, et il mourait d'envie de les lui souffler le premier, mais il se retenait de peur d'effrayer les braves femmes et aussi par crainte de froisser Démerise de qui, après tout, il tenait sa subsistance.

Le soir, couché dans son enclos, il récapitulait sa leçon devant le grand livre ouvert du ciel étoilé. Il aurait pu nommer sans se tromper les principales constellations: la grande et la petite ourse, le chien, le scorpion, etc. De même, les planètes et les étoiles les plus connues lui étaient familières. Dans sa tête de veau, il ne se lassait pas d'admirer la grandiose beauté de la voûte céleste; il savait, pour l'avoir lu dans les livres de Démerise, que les étoiles sont là depuis des milliards d'années et à des milliards de milles de nous. Et il ne comprenait pas Démerise qui avait toujours le nez collé sur ses cartes et ne venait jamais, le soir, lever les yeux vers les merveilles du ciel original. Il se dit que les humains, dès qu'ils se croient un peu instruits, ont des comportements plutôt étranges.

Ainsi, pour Goulu, la vie se poursuivait d'une façon exceptionnellement bonne: sa moulée de plus en plus abondante lui procurait une bonne énergie engraissante et, entre les repas, l'astrologie lui était devenue un hobby de plus en plus envoûtant, c'est le cas de le dire.

Une nuit que le ciel était, semble-t-il, plus lumineux que d'habitude, Goulu ruminant avec une ferveur admirative, presque religieuse, vit soudain là-haut une lueur sortir d'entre les étoiles et aller aussitôt s'éteindre un peu plus loin. Puis il en aperçut une autre, puis encore une autre et il y eut bientôt comme un grand feu d'artifice dans le ciel. Goulu eut si peur qu'il trembla de toute sa carcasse et que son meuglement lui resta coincé dans le gosier. Il crut la fin du monde imminente. Que voulez-vous? Il n'était pas encore rendu à la page des étoiles filantes, dans son grand livre! Un moment sa gorge se desserra et il meugla comme il n'avait encore meuglé de sa vie. Tout le rang l'entendit.

Démerise parut à sa fenêtre et lui cria: «Veux-tu bien te taire, sale veau, et me laisser dormir en paix.»

Puis sans regarder le ciel un seul moment, mais après s'être assurée qu'il n'y avait pas de rôdeur dans les environs, elle fit claquer son volet et réintégra la nuit de sa chambre.

Goulu resta tout seul au milieu des galaxies, devant ce phénomène fulgurant qui l'éblouissait et lui infligeait en même temps une peur indescriptible.

Il aurait voulu s'enfouir sous terre et ne plus rien savoir de ces astres maléfiques, mais il était fasciné par l'entrecroisement de ces étoiles folles qui semblaient vouloir tomber l'une après l'autre et il ne pouvait en détacher ses yeux. Puis il se mettait à pleurer de désespoir en se lamentant qu'il n'était pas humain de laisser un veau ainsi seul et abandonné au milieu d'une si terrible catastrophe.

Au matin, alors qu'elle déjeunait, Démerise trouva curieux de ne pas apercevoir dans la fenêtre de la cuisine la physionomie de son veau qui d'habitude l'observait.

Elle regarda dans l'enclos et le vit couché, la tête levée, dans une position fort naturelle. Elle ne s'inquiéta pas davantage.

Une heure plus tard, sortant pour soigner ses poulets elle s'étonna de ne pas entendre Goulu courir derrière elle. Alors elle se dit qu'il était peut-être malade: c'est vrai, elle se rappelait qu'il avait meuglé très fort la nuit précédente.

Elle s'approcha de lui avec précaution, le toucha..... il était froid et dur.

Affolée, Démerise courut chez son voisin qui constata la même chose qu'elle: Goulu était mort, la tête levée comme s'il regardait le ciel. Il semblait ainsi pétrifié. Le vétérinaire, comme les médecins quand ils n'y comprennent rien, ne put que rendre un verdict d'arrêt du coeur.

Ce qui était mystérieux, c'est qu'on n'avait jamais vu nulle part un veau mourir de cette façon, sans s'affaisser et s'étendre à terre, tête comprise, comme toutes les bêtes. Tout le canton vint voir Goulu de ses propres yeux, et on en parle encore de nos jours à la source perdue.

Mais comme personne n'était au courant de l'érudition astrologique du pauvre veau, nul ne put donner la bonne explication, à savoir qu'un veau est un veau et qu'il doit passer sa vie la tête inclinée vers la terre pour brouter l'herbe matérielle nécessaire à sa survie. Autrement, à trop vouloir scruter le ciel, il crève.

L'oiseau
rare

L'oiseau rare

Toute la population ailée avait progressivement envahi la ferme à mesure que le printemps s'affirmait comme le maître à la source perdue. Les petits moineaux fidèles, courageux, qui avaient survécu à l'hiver, délaissaient leurs abris dissimulés dans les recoins de la grange et se cherchaient fébrilement un logis en plein air. Les étourneaux tachetés de rouge racontaient leur voyage à leurs sombres frères qui avaient bien rempli leur fonction d'avertisseurs de tempête, en se ramassant en boules sur les branches quand le ciel devenait d'un gris menaçant. Maintenant, la cour était pleine de leurs cris gutturaux, de leurs chants sifflés et de leurs vols effrontés qui se croisaient dans tous les sens. Quand un chat avait décidé de se prélasser, il était aussitôt escorté d'une multitude d'étourneaux qui, d'une branche à l'autre, le suivaient en l'invectivant bruyamment et en l'avertissant de se tenir loin des nids. Le chat poursuivait dignement sa marche, nullement impressionné par un ou deux oiseaux plus belliqueux qui lui frôlaient la tête de leurs ailes.

Par un petit matin frileux, à peine allumé, Véronique eut toutes les peines du monde à rassembler son courage pour se lever et aller aider au train, quand elle entendit, claire comme une enfilade de perles, la phrase brève du merle qui se répétait. Elle sourit, le coeur réchauffé, en pensant à ses amis rouges-gorges qui étaient de retour. Nul ne se sent seul dans une maison quand il y a des rouges-gorges autour. Pour Véronique, ils étaient un gage de bonheur. Elle s'émouvait de les voir si vaillants: leur labeur commençait à la fine pointe de l'aube et se terminait une fois la brunante tombée, après que les hommes et les bêtes avaient commencé à se détendre. Chaque année, ils revenaient nicher sur le rebord d'une fenêtre et on se gardait bien de les déranger. Les oiseaux se sentaient en confiance même si, de l'intérieur, on venait sur la pointe des pieds les observer et, plus tard dans la saison, admirer les oisillons affamés qui réclamaient inlassablement la becquée.

Par bonheur, ce printemps-là, un couple de rouges-gorges choisit la fenêtre de Jeannot pour asseoir son nid. Je dis: par bonheur, car ce pauvre Jeannot était forcé de contempler de l'autre côté de la vitre ces jours glorieux du gai printemps. Il appuyait donc son front brûlant dans ses mains et suivait de sa chambre toutes les petites intrigues de cour qui se jouaient au dehors. Ses yeux brillaient plus que de coutume à cause de la fièvre et faisaient ressortir davantage les «picots» rouges que la scarlatine avait peints ici et là sur sa peau. Dites-moi: le printemps est-il un bon temps pour tomber ainsi malade? Tout de suite, vous me crierez: non. C'est le temps de s'évader dehors, de respirer profondément l'air renouvelé, d'inventorier toutes les merveilles que la terre fait surgir de son ventre. Mais, d'un autre côté, il se peut quand même que ce soit un bon temps pour être malade: il y a tant et tant de choses à observer de sa fenêtre qu'on oublie presque sa captivité.

C'est pourquoi, ce matin-là, Jeannot, le premier, s'écria: «Maman, les hirondelles sont arrivées!» En effet, elles semblaient enfilées en brochette sur le fil qui relie la maison à l'étable, toutes sveltes, luisantes, la menue tête ronde aux aguets, la poitrine blanche lumineuse au soleil. En poussant des cris sifflés, elles reprirent leur vol acrobatique, fauchant l'air, de haut en bas, en virages, en rase-mottes, décuplant la puissance de leur petit corps d'acier. Jeannot riait de leurs prouesses. Plus tard, dans la journée, il arriva ce qui se produit à chaque printemps: les hirondelles vindicatives attaquèrent les humbles moineaux et tentèrent de les déloger de leurs nids pour prendre leur place. Il s'ensuivit des batailles cruelles où souvent deux oiseaux enserrés roulèrent dans le sable de l'allée pour ensuite s'envoler et poursuivre plus loin leur duel. Alors, Jeannot se sentit fatigué, un peu triste, et retourna à son lit où il s'endormit.

Quand il s'éveilla, il vit, de sa fenêtre, sa mère ratisser la plate-bande où elle avait transplanté les six géraniums qui avaient hiverné dans la fenêtre de la cuisine. Leur rouge frénétique semblait crier au soleil, à côté de la calme blancheur des narcisses trompette et du bleu sage des jacinthes à tiges aqueuses. Mais le téléphone ne cessait de sonner dans la maison et Jeannot agacé, comptait chaque fois les coups en se répétant mentalement: c'est pour les Gauthier, ou pour les Jobidon, ou, cette fois-ci, pour la veuve Marcoux. Tout le rang était en effet branché sur la même ligne téléphonique et il fallait compter les coups — les longs et les courts — pour savoir chez qui on appelait. Le silence régna de nouveau un moment et Jeannot reprit sa contemplation. Son regard fut attiré dans l'herbe par un oeuf d'oiseau, cassé, coupelle fragile, tavelée, où s'était accompli le miracle d'une vie ailée. Il ragea de ne pouvoir sortir et s'approprier la minuscule coquille pour la ranger secrètement parmi ses trésors. Puis le téléphone claironna de nouveau.

— Encore pour la veuve Marcoux. Qu'est-ce qu'elle a donc à ne pas répondre? Plusieurs coups encore, puis plus rien. Véronique avait toujours défendu à ses enfants d'écouter les conversations des autres. Mais, ce jour-là, la tentation était trop forte et l'ennui trop lourd. Jeannot jeta un oeil au dehors et vit sa mère toujours agenouillée devant ses plantations. Alors, sur la pointe des pieds, comme si tout le rang l'eût observé, il se dirigea vers l'appareil et décrocha avec précaution. La veuve Marcoux potinait avec une demoiselle du village qui disait justement:

— Vous parlez de madame Latendresse? Elle est bien mal, vous savez. Pas de changement depuis une semaine. On parlait même de l'administrer hier. Je vais vous dire un secret. Ecoutez bien madame Marcoux... Mais, un instant, je pense qu'on nous écoute......

Jeannot devint très rouge, mais ce n'était pas la faute de la scarlatine, vous pensez bien. De plus, il tremblait et ne savait s'il devait raccrocher.

La vieille fille poursuivit: Je vais vous dire la nouvelle: il paraît que l'oiseau rare s'en vient. Vous me comprenez, madame Marcoux? L'oiseau rare, vous savez?»

— Mais oui, Emérentienne, je sais. Sûrement que ça va remonter madame Latendresse.

— Peut-être même la guérir, vous savez. Un oiseau comme cela......

— Bien, merci, appelez-moi quand vous en saurez plus long.

— Je n'y manquerai pas.

— Bonjour donc.

Clac!

— Enfin, soupira Jeannot. Il put raccrocher, soulagé.

Malgré le vague sentiment de culpabilité qu'il ressentait, il se mit à penser à cet oiseau rare qui était attendu chez madame Latendresse et qui peut-être la guérirait. Ce devrait être, en vérité, un très bel oiseau et doué, à part cela, d'un pouvoir magique.

— Tiens, je vais le guetter, se dit-il. Peut-être qu'il s'arrêtera ici et me guérira moi aussi.

A partir de ce moment, Jeannot ne quitta guère sa fenêtre. Chaque battement d'aile était épié, chaque mouvement de l'air scruté. Comme le soleil était très ardent ce jour-là, sa tête s'alourdit douloureusement et, devant ses yeux, se mirent à danser des milliers de lumières traversées par des milliers d'ailes.

En lui apportant son souper, Véronique trouva que son fils avait un air étrange et, comme l'eussent fait toutes les mères, elle courut au thermomètre.

— Mon Dieu! fit-elle.

Evidemment, la fièvre avait grimpé.

— Ne bouge pas, dit-elle, j'appelle le docteur.

Celui-ci arriva de bonne heure dans la soirée. Il reprit la température de Jeannot, l'ausculta, lui examina longuement les yeux, et prit un air inquiet tandis que d'une main il lui tenait le poignet et de l'autre tirait la grosse montre en or de son gousset.

— Mon garçon, dit-il, en s'éclaircissant la voix, tu dois rester au lit tant que la fièvre n'aura pas tombé.

Se tournant vers Véronique, il dit: «Une complication de la scarlatine peut toujours survenir. Baissez le store pour protéger ses yeux et veillez-le bien. N'oubliez pas de lui faire prendre ses médicaments.»

— Non, non!, cria Jeannot. Laissez-moi me lever, je veux voir au dehors. Il le faut.

— Mais pourquoi? demanda sa mère.

— Je veux voir l'oiseau rare. Il s'en vient, je le sais. Et il va me guérir.

— Ca y est, pensèrent ensemble les deux grandes personnes, le voilà qui délire.

Pour une complication, ç'en fut une. Pendant plusieurs jours, Jeannot fut très malade. Les yeux voilés, l'haleine enfiévrée, il s'agitait dans un demi-sommeil en marmonnant des mots inintelligibles où il semblait être question d'oiseaux.

La vie de la famille restait suspendue. Le printemps ne les émouvait plus. Ils ne le voyaient même pas. Au dehors, la mère rouge-gorge, immobile, couvait attentivement ses oeufs, son oeil rond fixant, perplexe, le store toujours baissé de la chambre. Il y avait peu de changement d'un jour à l'autre.

Mais un matin, en entrant dans la chambre de Jeannot, Véronique sursauta. Le gai soleil était entré dans toute la pièce. Jeannot était assis sur son lit, un peu pâle, mais souriant et parfaitement guéri. Plus de trace de scarlatine sur sa peau lisse. De plus, il avait une faim de loup.

— C'est toi qui as levé le store? demanda sa mère.

— Bien oui, répondit vivement l'enfant. De bonne heure ce matin, j'ai entendu quelque chose qui grattait la vitre. Tu ne devines pas? C'était enfin l'oiseau rare! Tu vois, c'est pour cela que je suis guéri.

Il poursuivait, tout excité: «Tu ne peux savoir comme il était beau, maman. Il avait une très longue queue, et une belle huppe sur la tête, et de beaux yeux doux. Au début, il était tout bleu. Puis il s'est retourné un peu dans le soleil et il est devenu tout rouge, puis, une autre fois, il a tourné au jaune».

— Voyons, Jeannot, tu vois bien que tu as rêvé. Il n'existe pas de tels oiseaux, et mieux, aucun oiseau, fût-il si rare, n'a le pouvoir de guérir qui que ce soit.

— Non, non, répétait l'enfant au bord des larmes, je l'ai vu, je l'ai vu, et il m'a guéri, j'en suis sûr.

Véronique n'insista pas. Seul importait que Jeannot fût bien guéri.

Au bout de quelques jours, il obtint la permission de s'asseoir bien sagement au soleil sur la galerie. On sentait la chaleur s'approcher un peu plus chaque jour et déjà les oiseaux-mouches, poussés doucement par le vent, visitaient délicatement de leur long bec chaque obélia bleue minuscule dans les corbeilles. Le long de la route, les buissons palpitaient de mésanges affairées et babillardes. Bref, tous les oiseaux d'été étaient présents, mais ils étaient tous des oiseaux familiers, au nom connu et aimé. Il n'y avait nul étranger parmi eux.

Véronique étendait son linge qui battit au vent comme des drapeaux de fête. Elle s'arrêta un moment, croyant entendre un glas lointain venant de l'église du village. Elle demanda, pas trop fort, à Jérémie:

— Serait-ce Madame Latendresse?

— Non, pas du tout, au contraire. J'ai oublié de te dire: le fils de madame Latendresse, tu sais, son préféré, celui qui était parti sans laisser d'adresse et qui revenait très rarement juste pour arracher de l'argent.... tu te souviens, celui que les gens d'ici appelaient l'oiseau rare....

— Ah oui?

— Eh! bien, il est revenu plein de bonnes dispositions. La vieille en est si heureuse qu'elle reprend des forces à vue d'oeil.

— Ah! bien!

Véronique en échappa son drap qui roula follement dans l'herbe en se tordant.

Comment cette histoire chez les Latendresse pouvait bien avoir ainsi impressionné Jeannot? La similitude était trop curieuse... Elle se creusa la tête pendant quelques jours mais ne trouva aucun lien possible entre ces deux histoires d'oiseaux. Jeannot n'avait pas parlé de sa désobéissance, ou bien il l'avait tout bonnement oubliée à la faveur de la maladie.

Il crut pendant des années que l'oiseau rare l'avait bel et bien guéri, jusqu'à ce qu'il fût passé dans le clan des adultes et se mît à penser comme eux. A partir de là, l'oiseau rare resta pour lui un merveilleux rêve d'enfant.

La mère Latendresse avait retrouvé, grâce à un oiseau d'un autre genre le goût et la joie de vivre. Son fils demeura avec elle, devint même un fils attentif, de sorte que nul ne fut plus jamais justifié de le désigner comme avant.

Quant à Véronique, toute cette histoire demeura un peu embrouillée dans son esprit. Mais, en bonne paysanne qu'elle était, elle n'y attacha pas trop d'importance. Le souvenir qu'elle garda de ce printemps-là fut cependant toujours un peu embrumé de mystère.

Rapido
l'aventurier

Rapido
l'aventurier

La pluie se faisait désirer ce printemps-là, à la source perdue. A tel point que la sécheresse craquait la terre et que les prés étaient secs comme des paillaissons. Mais il fallait bien quand même s'attaquer aux labours en espérant qu'une fois les semences confiées aux sillons, les douces et patientes averses viendraient ameublir le sol et assurer la germination.

Par un frais matin d'avril qui sentait la sève, Jérémie, fort de cette foi séculaire propre au paysan, sortit donc sa charrue de la remise et remonta lentement le chemin ridé d'ornières jusqu'au premier champ qui ondulait jusque vers la forêt. La campagne semblait fêter sa délivrance de l'hiver: seul un restant de vieille neige s'attachait encore au versant froid des collines. Dans un ciel large et serein, des archipels de nuage voguaient imperceptiblement. Sur quelques arbres, les bourgeons avaient à peine changé de forme sur leur bois, premier signe de la renaissance de la terre. D'autres signes de la force de cette vie frappaient Jérémie de tous côtés et doublaient sa confiance dans la plus prometteuse des saisons: les arbustes qui bordaient le champ explosaient d'oiseaux, le ruisseau parlait bruyamment avec ses paroles d'eau, le bois tout proche fumait ici et là de pruniers et de pommiers sauvages en fleurs.

Toute la matinée, Jérémie régna sur sa terre. Sa charrue découpait chaque champ en longues lamelles droites, profondes, d'un riche brun foncé. La jachère ainsi striée, rouverte, n'avait plus qu'à attendre la promesse de vie.

Evidemment, Pénélope accompagnait son maître. Elle suivait peu la charrue cependant, dédaignant les travaux de la ferme autant que ses animaux. Elle préférait explorer chaque buisson, chaque coulée, chaque bosquet. Jérémie venait de terminer de labourer un champ quand, descendant de son tracteur, il la vit, toute droite, immobile, la queue horizontale, la patte prête à bondir, qui pointait en direction du fourré. Son instinct de chasseresse avait sans doute repéré quelque bête sauvage. Jérémie l'appela en vain. Alors, il s'approcha et vit un tout petit lièvre, hypnotisé par Pénélope, complètement paralysé. Seul son nez en trèfle continuait de frémir et son coeur battait à grands coups désespérés.

— Pénélope, enlève-toi de là, ordonna Jérémie.

Et il s'approcha avec précaution, la main tendue. Le petit lièvre ne fit aucune tentative pour détaler, il semblait figé au sol par une peur insurmontable.

Alors Jérémie le prit dans ses mains et sentit son coeur palpiter si fort qu'il craignit de le voir mourir de frayeur.

— Assez Pénélope! Couchée!, dit-il à la chienne qui sautait sur Jérémie dans l'espoir de se voir restituer sa proie.

— Où peut bien être ton terrier maintenant? demanda-t-il au lièvre.

Il fit bien quelques pas alentour en écartant les herbes du pied dans chaque trou qu'il voyait, il inspecta bien chaque souche et chaque tronc creux, mais allez donc trouver un nid de lièvres quand vous n'en êtes pas un vous-même! Et puis, s'il le trouvait, Pénélope en ferait un joyeux carnage!

Que faire?

— Tu as dû trop t'éloigner de tes parents. Maintenant, vois-tu, tu es perdu. C'est ce que tu as gagné à vouloir faire l'aventurier.

Il ne pouvait mieux dire, L'avenir prouverait en effet que Rapido avait dans le sang le virus de l'aventure.

— Si je le relâche, pensa Jérémie, il ne survivra pas un seul jour.
Car il savait qu'un lièvre, même adulte, n'arrive pas à se cacher en terrain inconnu.

— Je vais le descendre à la ferme, se dit-il. Nous l'élèverons et lui rendrons sa liberté plus tard.

C'était un risque à prendre car un lièvre a beaucoup d'ennemis naturels, et les animaux sauvages pouvaient le repérer même sur la ferme, mais c'était la seule possibilité qui se présentait. Jérémie glissa le petit lièvre dans la poche de sa vareuse à grands carreaux rouges et se dirigea vers la maison.

Imaginez la surprise des enfants. J'entends leurs cris d'ici. Ce n'était pas de nature à enlever sa peur au lièvre terrifié. Mais il était si adorable, si désemparé, petite boule de poils brun roux, aux grandes oreilles veloutées, au nez agité d'un perpétuel tressaillement. Tous les enfants voulaient le flatter et le prendre tour à tour dans leurs bras, mais Jérémie s'y opposa, leur expliquant que sa peur pouvait lui être fatale.

Il le déposa dans un baquet au milieu de la cour et avertit sévèrement Pénélope de ne pas y toucher. Celle-ci, dépitée, alla se coucher à l'ombre de la grange, se contentant de suivre d'un oeil mi-clos tout ce stupide remue-ménage. Puis il suffit à Jérémie de quelques coups de pioche pour planter autour de solides piquets et y fixer du grillage à poulailler assez haut pour décourager les chats et autres animaux tels que renards putois, belettes, martres, etc...

L'enclos du lièvre était prêt. Alors, Jérémie l'y déposa doucement, devant une bonne rangée de spectateurs de tous âges, tous également attendris. Ils s'attendaient à le voir bondir et visiter son nouveau domaine, mais rien. Rapido restait immobile. Il n'était pas encore remis du terrible choc nerveux qu'il avait subi d'avoir été traqué par un gros chien, puis manipulé par un humain, et maintenant dévisagé par une dizaine d'autres. C'était plus humiliant que de se retrouver enfermé dans un zoo. Mais c'était la loi : à vouloir s'émanciper trop tôt, on se retrouve toujours dans une cage, quelle qu'elle soit.

Alors Jérémie lui jeta de la laitue et quelques carottes et dit aux autres:

— Laissons-le tranquille. A la longue, il va reprendre confiance et s'apprivoiser.

Ce fut assez rapide, en effet. Le lendemain matin, les enfants accoururent en pyjama et en pantoufles pour s'assurer qu'il était toujours là. Rapido gambadait joyeusement autour de son enclos en sautant sur ses pattes de derrière et en remuant comiquement sa queue en forme de pompon. Il grugea de bon appétit tout ce que les enfants lui apportèrent. De jour en jour, il devint plus familier avec eux. Il accourait dès qu'il les entendait venir et faisait prestement disparaître par petites bouchées rapides, entre ses dents, feuilles de légumes, carottes, friandise, bref, tout ce qu'ils lui jetaient. Il devint vite leur favori et semblait assez heureux de son sort.

Ainsi choyé, il grossit très vite, et, au bout de quelques semaines, il atteignit presque sa taille adulte. Les enfants commençaient à craindre le jour où leur père déciderait de le rendre à la nature.

L'été débutait. L'heure du crépuscule, à l'odeur de seringa, retarda un peu chaque soir, et les nuits s'adoucirent en s'écourtant. Un soir que les humains, toujours en train d'espionner les animaux, étaient enfin allés se coucher, et comme la première étoile fiévreuse s'allumait là-haut, les bêtes de la ferme décidèrent qu'il faisait trop beau pour dormir et vinrent veiller en cercle autour de l'enclos de Rapido prisonnier. Tout en lui débitant force amabilités, elles en profitèrent pour glisser dans la conversation les pointes de rancoeur qu'elles avaient contre lui, tout comme cela arrive souvent dans les réunions mondaines.

C'est Pénélope, évidemment, qui en avait le plus sur le coeur.

— J'ai fait mon devoir de chien de chasse en te dépistant, dit-elle. Et tout ce que le maître a trouvé à faire a été de te sauver et de te garder. Depuis, ton odeur de gibier me met tout à l'envers. Et maintenant, Jérémie s'occupe plus de toi que de moi, c'est à vous dégoûter d'être fidèle.

— Je me demande bien d'ailleurs pourquoi cette préférence, renchérit Rose-Grise. Je n'ai jamais vu lapin aussi laid que toi. Tu devrais voir les beaux lapins tout blancs et les noirs qu'il y a chez Jos. Gauthier. A ta place je ne ferais pas tant le beau!

Cornélia s'en mêla, par dessus la clôture: «Qu'est-ce que c'est ces histoires de rester enfermé pour se faire gâter? A ta place, il y a belle lurette que j'aurais trouvé le moyen de me sauver. C'est vrai que tu ne peux pas faire grand-chose avec tes grandes oreilles molles. Si, au moins, tu avais de belles petites cornes dures comme moi, là alors!...»

Même Pure-Laine, le doux agneau, y alla de son grain de sel: «Tu n'aimes pas les enfants autant que moi, tu n'es qu'un profiteur. Depuis que tu es là, ils viennent de moins en moins jouer avec moi dans mon pré.»

Il ne manquait plus que Clarinette pour se joindre à leur concert. La chèvre balançait ses grandes oreilles pendantes en narguant: «Quelle pitié! Et ça dit aimer l'aventure! Tu as une drôle de façon de courir après!»

Alors tous les animaux furent pris d'un rire narquois qu'ils ne parvenaient pas à maîtriser, si bien que maman rouge-gorge, d'un coup d'aile, dut descendre de sa fenêtre, pour les avertir de parler plus bas, «C'est la dernière fois que vous réveillez mes enfants», dit-elle.

Rapido en profita pour prendre la parole et répondre à ses prétendus amis.

— Premièrement, dit-il, je n'étais qu'un bébé quand je me suis laissé prendre, et j'étais égaré. Contrairement à vous, je n'avais jamais vu de chien ni d'homme.

Les animaux commencèrent à murmurer entre eux, certains sur le point de l'approuver.

— Silence, dit-il. Laissez-moi continuer. Deuxièmement, je ne suis pas plus choyé que vous. C'est votre jalousie qui vous fait parler ainsi. Vous vous pensez peut-être beaux? Laissez-moi rire. Et qui vous nourrit? Que feriez-vous sans le fermier pour vous soigner? De plus, vous pouvez me croire, j'aimerais mieux aller chercher moi-même ma pitance. D'accord, les enfants me jettent une énorme quantité de nourriture. Et voilà, je mange trop et je m'empâte. Comme je ne peux courir à mon goût, j'ai peur de perdre ma vélocité à tout jamais. Vous voyez cela: un lièvre incapable de courir? De plus, je suis fatigué de toujours avoir le même menu. Vous n'avez pas idée comme ça manque d'assaisonnement. Je rêve de thym, de laurier, de menthe, d'oseille, d'ail des bois, même d'une petite touffe d'épinette et de cèdre, de temps en temps. C'est à peine si j'ai une mince brindille de trèfle par-ci, par-là.

— Nous n'avions pas pensé à cela, fit remarquer l'une des bêtes.

— Pensez-vous que je ne préférerais pas m'enfuir et retrouver mes semblables? Mais comment un lièvre peut-il arriver à couper toute cette «broche»? J'ai même essayé de creuser, mais la terre est trop dure ici et je me suis blessé le nez et les pattes.

— Ah! si ce n'est que cela, répondit vivement Clarinette, ce n'est pas un problème. Veux-tu vraiment t'enfuir?

— Oui, oui, avant que je ne devienne complètement ankylosé.

— Quelques coups de cornes dans ta clôture et ça y est...

— Un instant. Auparavant, Pénélope, tu dois me promettre de ne pas me poursuivre.

— Promis. Juré. Foi de Labrador. On m'en met assez sur le dos comme cela.

— Vas-y alors Clarinette. Vive la liberté!

— Vive la liberté, reprirent en choeur toutes les bêtes, au risque de réveiller les dormeurs dans la maison.

Clarinette était trop heureuse de pouvoir être haïssable une fois de plus. Elle agrippa solidement le grillage métallique avec ses cornes et, le dos arqué, les pattes bien appuyées au sol, tira très fort tandis que les animaux l'encourageaient à chaque coup en faisant: eh hop! eh hop! La clôture leva assez pour laisser passer Rapido.

Celui-ci sortit et s'assit un instant au milieu du cercle des bêtes, pour se remettre de son émotion.

— Je ne savais pas que vous étiez mes amis à ce point, dit-il. Merci à tous.

— Bonne chance, lui crièrent-ils, avec sincérité.

Alors, à la faveur de la lune, ils virent le pompon brun de Rapido disparaître dans la noirceur du talus et ils applaudirent discrètement.

Le lièvre n'alla pas très loin cette nuit-là. Il n'était pas encore accoutumé à sa liberté toute neuve et préférait sentir la ferme à proximité.

Mais le lendemain, la vraie grande aventure commença pour lui. Ainsi, tout l'été, il voyagea et accumula une masse énorme d'observations et d'expériences.

Le premier être étrange qu'il rencontra fut Mouffe. Il la trouva bien jolie, noire, rayée de blanc et pourvue d'une queue bien élégante. Malgré l'amabilité du putois à son égard, il lui répondit de loin, non à cause de son odeur, mais parce que son instinct l'avertit à temps que les putois sont les ennemis des lièvres. Il ne pouvait savoir que Mouffe était une exception et qu'elle souffrait de mélancolie.

Puis Rapido se hâta de pousser une pointe chez Jos. Gauthier pour voir les si beaux lapins dont avait parlé Rose-Grise. Mais, en s'approchant des bâtiments, l'aboiement d'un chien lui fit vite changer d'idée, et il courut se terrer dans les bois.

Sa vie avait débuté par une suite de circonstances exceptionnelles, toutes dues à son besoin inné d'indépendance et d'exploration. Aussi, bien qu'il fût aventurier dans l'âme, il était doué d'une prudence plus qu'ordinaire. Heureusement pour lui! Car il lui manquait à la fois l'expérience de ses jeunes années et l'éducation de ses parents. Aussi se tint-il bien coi et bien camouflé par les herbes, quand il surprit Grand-Gourmet en train de se gaver de poulets. Que serait-il advenu de lui, pauvre petit lièvre, si le renard ce soir-là avait été affamé? Il aimait mieux ne pas y penser.

Il préféra gagner en vitesse la ferme voisine. Là, il trotta dans un pré, non loin de Goulu, le veau de Démerise. Celui-ci était si absorbé dans ses contemplations astronomiques qu'il ne le remarqua même pas. Comme tous ceux qui n'obtiennent pas l'attention désirée, Rapido traita Goulu de stupide et fila plus loin.

Au cours de ses randonnées, il sursautait toujours devant les mulots qu'il levait dans le foin et qui s'enfuyaient en tous sens à son passage. De même, il trouvait les écureuils bien comiques et bien agiles, et riait dans ses moustaches de les voir grignoter des noix qu'ils tenaient avec leurs pattes d'en avant.

Un jour, il déboucha sur un magnifique potager et se réjouit à l'avance du gueuleton qu'il allait faire. Il y avait là tous les légumes, et en quantité, mûrs à point, gorgés de soleil, certains encore emperlés de rosée. Rapido ne savait lequel choisir comme hors-d'oeuvre. Tout à coup, une balle de carabine siffla le long d'une de ses longues oreilles. Il sut tout de suite qu'il fallait déguerpir. Une autre balle suivit, mais Rapido avait déjà atteint sa vitesse maximale de croisière. Il n'aurait jamais cru pouvoir courir aussi vite, et se promit de mettre à profit dans l'avenir cette extraordinaire rapidité dont l'avait doté la nature.

A bout de souffle, il s'arrêta à l'extrémité du rang et s'endormit près de la cabane de Roméo. Il était étendu, épuisé, parmi les fouillis d'herbes, de déchets, de livres déchiquetés qui entouraient la misérable maison. Soudain, il fut réveillé par un étrange dialogue qui se tenait entre Roméo et Adélard. Celui-ci criait si fort sa phrase-clé: «C'est pas moi le cochon», que Rapido jugea préférable de s'esquiver avant d'être le témoin d'une scène de ménage.

Quelques feuilles dans les arbres tournaient maintenant au jaune et au rouge avec la venue des premières nuits fraîches. Quant à lui, Rapido avait pris le temps de goûter aux fruits et légumes de tous les jardins, aux céréales de tous les champs, aux baies, aux noix, aux herbes douces et amères de tous les sous-bois. Il avait fait connaissance avec toute la faune, depuis la taupe jusqu'au hibou. Il avait fait preuve d'assez de ruse pour protéger efficacement sa vie contre tous les prédateurs. Et la chance lui avait même fait éviter les collets meurtriers dissimulés dans les hauts foins.

Comme tous ceux qui se perdent dans la nature, il avait tourné en rond sans s'en apercevoir et était revenu à son point de départ, laissant, dans un rayon d'un demi-kilomètre de la ferme, une très nombreuse progéniture. La saison qui changeait la couleur des feuilles avait aussi fait passer du brun au blanc quelques touffes éparses de son poil. Comme par miracle, un bon soir, il se retrouva, ébahi, dans la cour de la ferme. Il reconnut aisément les lieux et resta un moment à l'écart à savourer ses souvenirs.

Sans cesse ballotté entre ses deux natures, et constamment sollicité par son goût d'aventure, il ne devint jamais complètement un lièvre apprivoisé pendant sa captivité, pas plus qu'il se mua en lapin sauvage pendant son long exode.

En parcourant des yeux la cour de la ferme dans tous ses recoins il fut étonné de ne plus apercevoir son enclos fait de «broche à poule».

«Enfin, les humains ont fait du progrès pendant mon absence», se dit-il avec suffisance, car les voyages quelquefois rendent vaniteux. Pendant qu'en lui-même il se targuait d'être maintenant aussi expérimenté dans les choses de la vie, Pénélope flairant quelque chose d'anormal dans la cour de la ferme se mit à renifler la terre en tous sens. Rapido l'attendait, heureux de lui faire une surprise, anticipant la joie de renouer connaissance avec elle. Il oublia qu'il avait grossi et blanchi, et même vieilli, et que Pénélope, surtout quand son maître était loin, avait des instincts défavorables aux lièvres.

En effet, elle ne reconnut pas Rapido mais ne vit en lui qu'un beau lièvre gras dont Jérémie ferait ses délices.

Mue peut-être par un vieux fond de vengeance inassouvie, elle s'approcha prudemment de lui, un peu étonnée de ne pas lui voir esquisser un seul mouvement de fuite et rabattit avec fracas ses crocs puissants sur le cou tendre du pauvre lièvre.

Rapido avait toute sa vie couru après l'aventure. Peut-on se surprendre si, comme il arrive tellement fréquemment, la mort le surprit au moment le plus inopportun qui soit et sans qu'il ait eu le temps d'écrire ses mémoires?

Avec lui, se boucle le grand cercle de la vie à la source perdue.

Adieu donc, chers et sympathiques amis. Merci de votre philosophie sereine et de vos cabrioles sans malice.

Table